U0493233

小花阅读【四海为他】系列01

月夜天将变

海殊/著

贵州出版集团
贵州人民出版社

海殊 | 小花阅读签约作者

射手女，懒癌患者，可以一个星期不出门。
喜欢独居，也爱好自由。
既希望有一天能坐吃等死，也向往广阔世界的恣意洒脱。
偶尔习惯于一成不变的安定，更向往广阔天地的恣意洒脱。

待上市：《他像北方的风》

作者前言
祝好梦,给还未入眠的你

这篇稿子完结在毕业前夕,也许是因为处在这样一个彻底从校园到职场的重要节点,它于我的意义就不再是圆了一个长篇创作的梦,更像是一份特殊的毕业礼物。

写完它的那天,长沙的天气很热。

下班的时候,我在公司楼下点了一碗牛肉宽粉,女老板笑着给了我一块钱的现金,说是昨天吃饭的时候我多付了。

不得不感慨一下长沙人民的热情和友好。

当初来的时候,我们好几个外地的女孩子住在一起,每天嘻嘻哈哈,一起上下班,一起熬夜,一起吃饭,有种在大学宿舍还没有出来的感觉。

很庆幸,也很感激。

小花是一个很有爱的团队,也许是因为有着相同的梦,也许是关于写作而有了共鸣，我们从素不相识变得意外合拍。虽然我常常被她们吐槽像个直男，偶尔也会有想要掐死对方，喊着来打一架的时候，但那都是爱到极致的体现来着。

我住的房间外面有个小隔间，连着防盗窗台。

女房东曾在家里种植了大量的芦荟，我窗台外面也放着好几盆，女房东好几次打电话特地叮嘱我们记得浇水。我常常在熬到半夜的时候，往窗台外面望去才想起来又忘记浇水了。

好在那样寂静的深夜，也曾有很多的欢声笑语。

我经常把自己关在小黑屋的时候，就听客厅的几个人商量着晚上吃什么，关键是基本都在半夜一两点，而且点的还都是肯德基和麦当劳。

结局就是我们会点一大堆，然后担心浪费就把它全部吃完了。

回到故事。

这其实是个很悲伤的事情。

而我手上写的这个故事，离这样烟火气的普通现实生活很远。

创作的初衷，是想写一个关于救赎，关于深爱，关于抓着彼此的手就再也不放开的故事。后来由于人物背景设定，当中掺杂了大量的案件分析。

幸好结局圆满。

我第一次尝试这样的题材，过程中多有困惑和阻碍。甚至有时候写着写着，会怀疑自己是不是内心压抑太久，才写了这样一个不那么清新的情感故事。

但伙伴说，能写变态也是一种能力。

我喜欢季辞东和樊浅，更多的，也正是因为他们的不真实。我相信这个世界是有这样的人，这样的事。他们经历过，或者正在经历。而我希望他们像这两个人一样，走过漫长昏暗的人生后，最终得以幸福。

  这个稿子最终能完成，要感谢的人很多。有帮我很仔细抠细节抠逻辑的若若姐，有鼓励我坚持写下去的小伙伴，还有很多曾给过我信心的人。

  我希望每一个看到这个故事的人，都能不经人世惊涛风雨，还能安得一人白首不相离。

  写这个前言的时候，我在火车上。现在马上就要到凌晨一点了，祝好梦，给每一个还未入眠的你。

海殊

就算全世界都无法靠近你
我们也会是彼此最特别的存在

目录

001	第一章	/ 美人"僵尸"
024	第二章	/ 神秘图案
052	第三章	/ 头号情敌
074	第四章	/ 心动情动
120	第五章	/ 心如刀刺
169	第六章	/ 罂粟文身
216	第七章	/ 一生有你
266	番外一	/ 甜蜜日常
275	番外二	/ 幸福回音

◆
YUEYE
TIAN
JIANGBIAN

她独自行走了许多年。

记得墓铭志上深刻带血的纹路,记得长明灯下虔诚祈祷的魂灵。

还有那双在黑夜里一直注视着的眼睛。

直到那个叫季辞东的男人跨过山河,固执地拉起她的手:"这是你经年累月刻在我心底的烙痕,哪怕失去所有,你都不会失去我。"

第一章
MEIREN JIANGSHI

美 人 " 僵 尸 "

1

市局不知从哪儿弄来个女法医。

还是个顶漂亮的女法医。

这可把刑事犯罪调查组的一群大老爷们儿给高兴坏了,为了一宗跨境器官走私案,他们已经连续高强度地工作了一个月。

这眼看着好不容易把案子给破了,五个嫌疑犯还没抓到。

大伙儿正发愁呢。

结果,樊浅来的当天,办公室的空调还坏了。负责接待她的石子孟扯了扯衣服的领口,看着逐渐走近的人感慨,以后有了这个人,办公室大概也用不着空调了。

清浅的气质,白得过分的肌肤。

看谁的眼神都跟看手术台上那具等待解剖的尸体一个样，怪瘆人的。而事实上，有着法学专业第一美女的高才生樊浅，那还真是个怪胎。

除了尸体，从来不跟活人发生肢体接触。

人送外号，美人僵尸。

石子孟以前是个黑客，平日里嘻嘻哈哈没个正经。到了樊浅面前也只能抓抓后脑勺，说多了对比起来自己就跟个耍猴戏的，说少了吧，可能在人家心里还不如被福尔马林泡着的一具尸体呢。

横竖不是人就对了。

正躁着呢，有人喊："石头，出事了，老大让马上带人过去！"

上一刻还嬉皮笑脸的石子孟拔腿就往外跑，跑出两步又紧急刹车掉头问樊浅："那个，你……"

樊浅接过话："一起去吧。"

警车在高速路上飞快地行驶着，广播里传出电台主持人的声音："各位市民请注意，本市连续一个月的跨境器官贩卖凶杀案已宣布告破，五名犯罪嫌疑人仍然在逃，请广大市民注意出行安全，协助警方早日将凶手抓捕归案。"

鸦青色的天空笼罩着眼前的整个温市，车内气氛越发低沉。

因为，又一起杀人案发生了。

这宗跨境器官走私案早在一个月前就闹得沸沸扬扬。

犯罪团伙总共由五个人组成，扮演尼姑和尚到偏远地方进行欺骗的有两人，负责器官摘取的医生一人，负责联系买家和走私路线策划的有两人。

这是一个成熟且完整的犯罪团伙组织。

作案手法极其残忍，取出活人器官再进行抛尸，随后将大多数器官走私到了俄罗斯和土耳其等地牟取暴利。已经是一群为了利益不顾一切的亡命之徒。

而眼前的这个案子，更甚。

受害人名叫唐宵元，男，十二岁。

抛尸地点在城南郊区一个人迹罕至的池塘边。

樊浅他们赶到现场的时候，周围已经拉起了警戒线。警笛的呼啸声和家长撕心裂肺的痛哭声混成一片。看到现场，石子孟率先红了眼眶。

现场有的女警也早已泣不成声，介绍人员说："这已经是这个月的第八起了，本来季警官之前让我们调查的嫌疑人都已经锁定，但没曾想这些人在逃亡途中都还能如此丧心病狂，大家都太疏忽了。"

"不是他们。"一旁的樊浅突然出声。

"什么？"周围的人都惊讶地看着这个突然出现的陌生女子。

她走得急，还没来得及换上白褂，一件浅粉的毛衣搭配白裤，过肩的微卷秀发随意披散着，怎么看都不是个能断案的人。

她向周边的人借来橡胶手套，边查看尸体边重复了一遍刚刚的话:"不是他们。根据之前几起案子的研究报告看,犯罪团伙从动手到抛尸目标都非常明确,是急于掩盖事实。但你们看这个现场?"

凶手选择了一个露天的场所,更不见有仓皇逃离来不及处理尸体的迹象。

更诡异的一点是,凶手给受害人换了一套全新的衣服。

他,想表达什么?

有人疑惑:"为什么不是他们?犯罪团伙里总共五个人,换个人动手不是很正常?"

"因为这不仅仅是谋杀。"这道突然插进来的声音,让樊浅都忍不住抬头望去。

十几米远的空地上走来一个人,他很高,眼神如墨般深不见底,肌肤呈健康的小麦色,手里拎着一件咖啡色短外套,黑色上衣,步调沉稳。

季辞东。

当初导师推荐樊浅来调查组的一部分原因就是因为这个人,年仅二十七岁,美国国籍,毕业于宾夕法尼亚大学刑事司法专业硕士学位的高智商人才,曾任职于美国FBI联邦调查总局,现任跨境刑事犯罪调查组组长。

他的能力和成绩在业界几乎是无人能及的存在。

他走过来,把手上的外套递给身边的随警人员,蹲在了樊浅的旁边。

"石头，马上通知市局，封锁温市所有机场、火车站、港口等交通路线，务必抓到之前的那五个人。"

"是！"

石子孟去联络相关人员的时候，季辞东对身边的人员说："仔细打捞一下池塘，扩大搜索范围，看看能不能找到作案工具。"

一连下了好几道命令之后，他才转头注意到蹲在旁边的她。

"樊浅？"

樊浅点点头，她看着光影下那张过分英俊的脸，心想这季辞东到底不是一般人，他的到来明显让现场所有人都仿佛松了口气。他具备安定人心的强大力量，审视人的眼神也压迫感十足。

季辞东凝眸："说说看你的想法。"

他倒是有兴趣看看，这个由著名法医学专业的客座教授何洪秋亲自推荐的得意弟子是否真的具备这个实力。

樊浅垂下双眼，平静清凉的声音如同山涧溪水，不热烈激扬却格外让人舒服："这起案子和之前几起最大的不同不在于手法，而在内心。"

季辞东扬了扬眉。

樊浅的语速不急不缓："首先是受害人的身份，唐宵元家境优渥，住的地方更是处在市中心，这和之前所有受害人的背景完全不符。

"第二，凶手的抛尸地点完全没有隐蔽性，在没有下雨和被人发现的情况下，他不可能任由尸体放在这样一个地方，除非，他是故意等着人来发现。

"第三，虽然都是被挖走了器官，但和之前的那个'医生'手法截然不同，从伤口看，凶手的手法较为生疏，但是干脆利落。

"第四点，也是最为奇怪最重要的一点，凶手为受害人换了衣服并清理了面容。事实表明，他已经出现了非常明显的反社会型人格。"

樊浅说着站了起来，纯黑的眸子静静地看着季辞东："你没说错，这已经不仅仅是谋杀了，凶手不仅在杀戮，也在诉求。他追寻的，是杀人所带来的变态满足感。"

周围一片抽气声。

倒是季辞东，看了她一眼没说话。

樊浅像是没有注意到周围的动静，她研究过非常多的案例和犯罪心理。而这起恰恰具备无计划性、无羞惭感、冲动攻击性等特点。

这个凶手，已经是一个非常危险的人。

她快速平静地做了个简单的画像侧写："凶手男，三十岁到四十岁之间，受过严格且专业的军事化训练，有一个弟弟或者妹妹，两周以前这个弟弟或者妹妹遭受过重大事故。是个崇尚暴力，会经常因抢劫、斗殴等行为与警局打交道的人。而且，他在这个犯罪团伙里承担了一个类似于领导者的角色。"

她最后总结："所以，犯罪组织不是五人团，而是，六人团。"

季辞东挑了挑眉："学过犯罪心理分析？"

樊浅抿了抿嘴角："懂一点。"

2

季辞东对她的说法没做任何评价。

他拿着手里的纸笔围着案发现场来回绕了两转，蹲在池塘边观察半晌。

一个下午的时间很快过去，天色渐渐暗了下来。

五月的黄昏，空气依然沁凉。

"樊浅，上车。"季辞东喊道。

樊浅看着不远处车里的侧影有些意外，暮色里，他刚硬的脸部轮廓变得模糊且柔和，搭在车窗上的手臂放松下垂，指尖明黄的烟火忽明忽暗，显得整个人特别随性慵懒。

樊浅依言打开副驾驶的车门。

"第六个人出现了。"汽车行驶途中，季辞东接了个电话之后突然来了这么一句。

樊浅："……"

看她不懂，季辞东调整了一下坐姿继续说："你做的画像侧写成功锁定了嫌疑人，回局里之后提交一份相关报告上来。"

樊浅这次是真的挺惊讶，漂亮的双眼微睁，看着身边一本正经的上司胡说八道。

她的样子看着很好骗吗？

自己那个嫌疑人侧写就算再精准，最多只能当作参考价值，排查起来也不会这么快出结果。而她下午的时候见他打电话给石子孟，内容是重点排查身高一米七五到一米八，体重七十公斤，学习过格斗和搏击的人。

她知道具备相当多经验的刑警是能根据现场的脚印等蛛丝马迹测量嫌犯的性别、身高、体重等具体信息的。

而眼前这个人，观察力和判断力都是这类人中的佼佼者。

所以，樊浅不解："我是法医。"言下的意思是我只写尸检报告。

季辞东不动声色地看了她一眼："你的意思是你不写？"

樊浅："……写。"

两人并肩到达办公室的时候，所有单身男人内心都在咆哮：也就自家老大这气场能靠近这姑娘方寸之内了，但这速度简直是不给他们留活路啊。

石子孟兴冲冲地拿着文件跑到两人身边："老大，确定了。根据你提供的信息我们调查了这两年在部队被开除的人员记录，你别说，还真有这么一人。"

"申子雄，男，三十八岁，一年以前因为故意伤害被开除，经常打架斗殴，有一个弟弟为了替他背锅进了监狱。不过奇怪的是，据说申子雄的弟弟在监狱一直是特殊对待，除了自由受限，活得跟个太上皇似的。可就在两周以前，他弟弟在监狱里莫名被人打死了。"

季辞东一路听着，走到位置上坐下来后才问："申子雄目前在哪儿？"

"还在查。"

他点点头,示意他们今天可以散了。

结果,石子孟突然对着窗外看了两眼,惊叫着和低头整理文档的季辞东八卦:"楼下那个不会是樊浅法医的男朋友吧……"说完又接着嘟囔了一句,"长得挺好看的,不过就是可怜了我们这群单身狗了,好不容易来个美女还是个有主儿的。"

季辞东抬眼:"很闲是吧?"

石子孟摸了摸鼻梁,上司不仅是个工作狂,还是个不懂风情的工作狂。

看着手上堆成山的资料恨不得抽自己两巴掌。

没事跑到老大面前犯贱干什么,简直就是欠虐!

少了石子孟在一旁叽叽喳喳的声音,季辞东揉了揉眉间放松自己靠在宽大的皮椅上,眼角瞥见楼下的樊浅上了那个男人的车,一路消失在黑夜的尽头。

他不得不承认,虽然侧写有很多漏洞,但樊浅的能力还是有的。

但季辞东也发现,樊浅会下意识避开陌生人的接触,除了案件几乎很少与人交流,她能否清楚地认知自己面对的将会是穷凶极恶的对手?能不能真的加入这个团队?值不值得进一步挖掘和发展?

都还有待考证。

3

晚上十点刚过的时候,樊浅到家了。

这是个老旧的小区，连电梯都没有安装。曾云帆有些不放心地说："小樊，你一个女孩子住这么远的地方总归不方便，要不要换个地方，你要嫌麻烦我可以帮你找。"

在多年的好友兼师兄面前，樊浅难得放松下来。

她笑："曾院长，你有多忙我难道不知道？不用麻烦，反正我都习惯了。"说着接过对方手里那束包装精美的花，"本来刚开始上班还有些不习惯，今天谢谢你，花我很喜欢。"

曾云帆笑得温柔。

"早点休息。"

这就是曾云帆，永远体贴随和，所有的行为都恰到好处。

樊浅认识他的时候，他还没有接手家里的医院，同拜在导师何洪秋门下，帅气多金，专业过硬，在院校的时候就已经是不知多少女生心中的理想人选了。

只是他没有一个看上的。曾经樊浅开过他玩笑说，如果他决定孤独终老，记得一定要在养老院给同是孤家寡人的自己留个位置。

他当时怎么说的？我会在养老院找个小老太太，只不过，怎么都不会是你。

樊浅一笑而过。

驱车离开前，曾云帆突然摇下车窗。

"小樊，电视报道我看了，一线的工作太过危险，你……能避免尽量避免吧，遇上什么事，记得打我电话。"

樊浅沉默良久，轻轻说了一句："我会的。"

事实上,他们都知道,她避免不了也不会避免。十九年前的那个冬天,四个不同的家庭在同一个月惨遭灭门,那其中,有她的父母。

那是她无法提及的伤痛,也是从不敢忘记和释怀的过往。

从那时起,黑夜就已经和她如影随形。

第二天,樊浅是被电话铃声吵醒的。

是她的导师,六十好几的老人了,一直对手底下这个出色的学生非常喜爱。

"小樊啊,听云帆说昨天去找你了,感觉怎么样?"

樊浅规规矩矩地报告了情况,结果换来导师的一阵数落:"谁要听你报告这些东西,我是问你,云帆你看不上,那季辞东呢?"

樊浅少有表情的嘴角难得抽搐了一下,什么叫她看不上云帆。还有季辞东,她敢看得上啊?

"专业能力很强。"她发誓这绝对是真实评价。

导师:"……"

他这个学生什么都好,就是为人不知变通些。当时推荐她到调查组,一来是希望她的能力能够得到展现和提升,再来就是,把一根筋的笨徒弟扔到荷尔蒙那么旺盛的地方总能发生点变化吧。

毕竟,石头捂久了也是会有温度的。

但根据现状看,在季辞东那样的人手底下做事,他这个小徒弟还有的是苦头吃。

如今就期望着,季家小子真能拉樊浅那孩子一把了。

樊浅八点半到的办公室，正赶上开早会。

结果，五分钟后的会议室里。

季辞东抬手将一个文件夹放在了桌子上，抬抬下巴示意樊浅："把你之前的分析给大家做一下简报。"

接触到他扫过来的视线，樊浅停顿了一下。她本不适应这样的场合，习惯了待在尸检房，对方这气场，终究还是让她有些吃不消。

石头也跟着叫："对啊，樊姐，你给我们讲讲你那个什么心理分析呗，你的那个侧写全都和事实吻合，兄弟们都快好奇死了。"石头本来就比她小，叫一声姐什么的她也不会在意，只是面对这样的热情，她往往不知道怎么招架。

"受害人，唐宵元；死亡时间，十二日凌晨两点至四点。我们发现受害人的时候是次日上午十点，根据伤口判断，作案工具是一把外科医生专用的手术刀。抛尸地点是没有任何隐蔽性的池塘边，说明他不怕被警察发现甚至是在挑衅警方，所以他对警察这个身份极其讨厌或者和警方有过激烈冲突。而选择在这样特殊的时期暴露自己，那是凶手在用他所崇尚的方式，表明自己在这个器官贩卖组织中的领导地位，更是他在向这个世界的规则叫嚣。

"他的作案手法不算娴熟但是干脆利落，证明他并非长期作案，但是又受到过专业训练。

"最后他还给受害人换了衣服。什么样的凶手在行凶之后却依然希望对方保持体面呢？只有一种可能，他的家人中有和受害人一样让他充当保护者的这样一个存在。不可能是他的孩子,因为受害人在家庭关系中就扮演了这样的角色,那就只可能是弟弟或者妹妹。

"他的反社会人格之前并未爆发,而导致他冲破自我约束范围的原因,就是让他充当保护者的这个角色消失了。而犯罪嫌疑人申子雄,符合以上所有特性。"

"啪啪啪……"

会议室响起一阵阵掌声。

石子孟激动了:"姐,你太牛了。除了老大还真没见过有谁能想到这么刁钻的思维方法。你和老大这叫什么……殊途同归!没错,就是殊途同归!"

樊浅笑笑,不动声色地避开石子孟伸向她肩膀的手。

心说,和季辞东殊途同归?

她还是考虑换个方向走吧。

4

下班的时候是晚上九点,有人提议去吃火锅,顺便给樊浅接风。

就樊浅那能力,大家都有目共睹。相处下来也发现,除了为人冷淡了些也没啥毛病。

后果就是嗨了。

本来出来吃饭,除了樊浅还有资料室里的两个小姑娘。大家一开始都还顾忌点儿什么,结果两打啤酒下肚,这段时间太大的压力让这群人彻底失控。

有人敲桌板:"老板,血旺、毛肚、鸭肠……统统来一份,快点啊!"

接着就有人受不了大喊:"你这点的都是什么玩意,就这一个月下来你还能吃下这些东西?再说,还有美女在呢,你们能不能收敛一点?!"

石子孟指着樊浅:"瞎嚷嚷什么,看!我们的樊姐,人家都跟尸体处了那么多年,吃起东西来还能云淡风轻美成一幅画。"

原本看着他们闹的樊浅见话题扯到自己,她的目光在桌上巡视了一圈,最后指着季辞东筷子上那还没有放下去的鸭肠说:"还行其实,我每天见到的就和这个差不多。"

全体人员:"……"

连季辞东手上的动作都停顿了一下。

结果,他还是淡定地将鸭肠继续放进了滚烫的锅里,淡淡说了一句:"是没什么差别,反正都是煮给你的。"

樊浅:"……"自作孽!

一顿饭吃了将近两个小时,散伙的时候已经晚上十一点多了。

一群男人一个架着一个,跌跌撞撞地走出了火锅店。

在门口的时候,所有人中最清醒的就属季辞东,他给樊浅拦了一辆出租车,叮嘱:"路上小心一点。"

石头在旁边大叫:"老大!你偏心!"

众人跟着起哄。

季辞东架住耍酒疯的石头,一掌撑开他凑上来的脸,说:"下次还敢喝成这样,你们的奖金通通扣除。"

顿时,一阵哀号。

两天后的清晨,樊浅接到石子孟的电话:"樊姐快来,五人团有人落网了,老大让八点半到办公室集合。"

她赶到的时候,季辞东正在审讯。

有同事递给她一摞资料,说:"抓到的两个人分别是一男一女,在火车站被捕。他们就是装扮成和尚和尼姑的那两个人,常以迷药和麻醉剂为辅助工具。"

樊浅捏着资料的手一紧,想着之前看到的那些被害人的照片,心里一阵发紧。

这两个人虽不是直接行凶者,却依旧恶罪难赎。

半个小时之后,季辞东推开了审讯室的门,直接下达命令。

"目标人物,西海港口。通知特警队,派一部分人先埋伏在港口附近,另派一组人包抄,一旦嫌疑人出现逃离情况立即实施抓捕!"

"是!"

5

西海港口位于西边,是温市最大的海陆运输中心。地势复杂,人流量大。

樊浅待在车里研究着剩下几个人的行为特征,整个特警队严阵以待。

季辞东坐在她旁边,拿出呼叫机:"报告位置。"

另一边传来一组队长的声音:"十点钟方向,那边是港口一间废弃的仓库,目前在监视范围内的人只有三个,不见申子雄的身影。"

"知道了,全队准备,十分钟之后实施抓捕!"

他扔给樊浅一个手机说:"从现在起,待在车里不要出来。如果有突发情况,保证人身安全是第一要素,明白吗?"

樊浅还没反应过来,就见他矫健的身影瞬间隐匿在了路墙边的拐角处。

空气中残留的,是他衣服上清冽的洗衣液和烟草混合的淡淡味道。

一向对气味较为敏感的她竟然不觉得这味道难闻。

樊浅拿起座椅上季辞东扔下的望远镜。

日暮下的港口围绕在一片温暖的色系中,但是能有多少人知道,西北角那间废弃的仓库里即将上演一场激烈角逐。

一瞬生,一瞬死。

果然没多大会儿,周边就响起了物体打砸坠落的巨大声响,没有枪声,估计是为了怕引起不必要的麻烦消了音。

她凝神听着远处的动静。

等等。

有人在敲她的车窗。

樊浅脊背一凉，这个点儿能出现在这儿的人？除了自己人只有一种可能。

她转头看过去才发现看不清来人的脸，他戴着鸭舌帽，大半张脸隐匿在帽檐之下。而暴露在外的下巴轮廓，却像极了调查报告表上的申子雄。

那个从头到尾，都在暗处的申子雄。

他，想干什么？

樊浅手里紧紧地攥着手机，以为对方下一秒就会砸了车窗的时候，他突然掉头走了。

去往的方向，是人流最大的三号码头。

阻止他！樊浅心里突然冒出了这句话。不论他的目的是什么？不论他是不是真的申子雄，哪怕只有万分之一的可能，也一定不能让他去到人群中央。

因为后果，没人能够承受得起。

短短半小时的时间，天边乌云涌现，半轮残阳映红了大片海天相连的线。

海鸥惊起，一切都归于平静。

犯罪团伙另外三个人全部落网之后，石子孟才发现自家老大的神色不大对劲。

他刚准备上前去问的时候，就看见他一个撑跳直接跨过了三米远的甲板距离，消失在了堆积如山的集装箱的队列当中。

他好奇地拿起老大扔下的手机：疑似申子雄的犯罪嫌疑人出现，三号码头，速来。

石子孟："……"

他终于明白老大的脸色为什么那么难看了。

而此刻的季辞东从来没有那么想捏死一个女人过。

就她那毫无身手的样子，是打算拿着解剖尸体的手术刀和歹徒来场殊死搏斗吗？事实证明，樊浅连拔手术刀的机会都没有就被发现了。

等她意识到对方是故意引她来的时候，想要逃跑却为时已晚。

空无一人的甲板上，对方缓缓抬起了鸭舌帽下隐藏的脸。

不是申子雄！

"为什么跟踪我？"男人三十岁上下的样子，身材高大，左脸颊上有一条食指长的伤疤，配上他过分警惕阴翳的眼神，看起来格外让人心惊。

既然被发现了，又不是目标人物，樊浅已经没心思顾忌对方是什么样的人，想办法脱身才是最主要的。

"抱歉，你的背影很像我要找的一个人，并非故意跟踪你。"

对方的警惕似乎小了一些，樊浅还没来得及松一口气，就被人一个反手擒拿困在了双臂之间。

陌生男人的气息和肢体接触让她本能抗拒，结果对方一脚踢中她的小腿,尖锐的刺痛瞬间疼得她大汗淋漓。

男人大声警告,黏腻的气息吐在她的耳边:"你真当我是傻子啊,警察是吧。你们都蹲了我半个月了,我偷的难道是你家的钱?"

樊浅:"……"

她这是误打误撞跟踪了个市井的老混混?

不过就他那些偷鸡摸狗的小勾当,让调查组蹲他半个月他还真的不够格。

对方似乎是不打算听她的解释了,一心想着怎么快点把她丢到大海里喂鲨鱼。

陌生的肢体接触让樊浅赶到呼吸困难,黏腻皮肤上的汗液犹如腐蛆一般令人恶心。

层层叠叠的幻影开始在她脑海里浮现。

樊浅忆起了很多年前自己在医院里醒来,无人能靠近其身的癫狂模样。

6

季辞东赶到的时候,樊浅的意识已经飘得很远。她听不见周围的声音,无法感知四处的境况。

季辞东一个横踢直接把抓住她的那个男人踹出好几米远,正好踢到赶来支援的石子孟等人的脚下。

他发现樊浅的情况有些不太对。眼神无法聚焦,沉浸在某些莫名的情绪里脱离不了。

"樊浅！冷静下来！立刻，马上！"他用了全力撑住她的肩膀，命令式地强迫对方清醒过来。

几分钟后，她的情况有所好转。

眼里大片大片的阴霾逐渐消退，她开始清醒。

看到眼前的人，她用尽全力一个猛推，控制不住地倒退两步。失去季辞东的支撑，她却因为小腿抽筋似的疼痛差点摔倒在地。

季辞东的脸色越发难看了几分，额角的青筋显示他此刻的情绪糟糕到了极点。

调查组的办公室里。

季辞东把一份分析报告用力甩到了办公桌上："这就是你给我的解释！肢体接触障碍恐惧症，你有病为什么不早说！"

樊浅看了桌上的报告一眼，淡淡地回答："我不觉得这和我的工作有什么关系。"

"没什么关系？行动开始之前我说了什么，重复一遍！"

"一切以自身安全为前提。"

季辞东蹙眉："你还知道啊，我的话你都听到肚子里去了？孤身一人勇斗小毛贼觉得自己很厉害是不是，自己把自己差点逼成疯子很光荣是不是，你的眼里还有没有组织纪律，有没有团队意识！"

"有。"

季辞东都要被气笑了。

之前看她分析案情头头是道,头脑冷静条理清晰。没想到是个带刺儿的,轴起来的时候跟头小倔驴差不多。

"自己辞职吧,明天把辞职信放我办公桌上。"

樊浅深呼吸了一口气,最终不得不做出妥协:"不会,再有第二次了。"

"调查组是办案的,不是治疗中心,就你那个肢体接触的毛病随时都可能成为整个团队的致命弱点。樊浅,你要清楚,你什么时候能把自己给治好了,什么时候才有跟我谈条件的资本。"

她沉默下来。

季辞东揉了揉额角,担心自己逼得太急,又止不住有些心软。看着面前情绪有些糟糕的她,微垂双眸的模样看起来有些脆弱和小可怜。

他觉得自己大概是疯了。

"出去吧,明天交五千字的检查。"

樊浅惊讶,就这样?

她还以为自己就算不会被开除,都得被扒层皮。

那从惊讶到惊喜的每一个细小表情都被面前的季辞东收进眼底,微微一笑的模样冲淡了之前所有的冷漠疏离。

等到樊浅出去的时候,季辞东拨通了樊浅导师何洪秋的电话。

"何叔。"在这个和自己父母是多年知己的长辈面前,他规规矩矩地问好。

对方哈哈大笑:"听说那丫头给你惹麻烦了,怎么样,你没把她骂哭吧?"

季辞东额角开始突突地跳,就她那副梗着脖子的倔驴模样,还骂哭?

电话那头的何洪秋突然长叹了一口气:"辞东啊,何叔当初把小樊推荐给你也是抱了私心。那孩子是心病,你不是学过心理学吗?多指导指导她。"

季辞东"嗯"了一声。

肢体接触恐惧症?这毛病迟早得给她改改。

他换了一只手拿手机,倚在窗边神色不明。这个视角望出去正对着樊浅的办公桌,她可能正在写检查。微蹙着眉,有一搭没一搭地戳着电脑旁边的那株多肉,整个人趴在办公桌上的样子看起来有些无精打采。

其实,樊浅是在思考案情。

她当时处在混乱中还没有觉得,但是事后越想越觉得不对。

那个敲她车窗的男人她不敢百分之百确定他就是申子雄,但他和后来被抓住的那个小毛贼一定不是同一个人。

气质和感觉完全不一样。

她跟踪的途中经过了许多地方,中间难免不会出现差错。

如果这个假设成立,那么就是说申子雄当天是真的出现在了码头的。他为什么会来敲她的车窗,后来却又金蝉脱壳不动声色地离开了呢?

她正想得入神呢,石头突然神秘兮兮地凑了过来。

"姐,你也不要太在意了。老大他就是对原则性的问题比较严格,不是针对你个人的,等你在他身边待久了就会知道。虽然没抓住申子雄,但你好歹也替温市的老百姓除了一颗老鼠屎嘛。"

樊浅:"……"

第二章

神秘图案
SHENMI TUAN

1

申子雄的案子一直毫无进展，申子雄这个人就像是突然人间蒸发了一样。

此时的温市，宣布正式进入炎热的六月。

全组人正焦头烂额呢，办公室坏掉的空调也没有修好，头顶一架老旧的吊扇嘎吱嘎吱地运作着，转得人越发心情烦闷。

这天下午，办公室却陡然热闹起来。

因为冯秀芸，冯大美女回来了。

调查组刚成立那会儿，谁不知道老大身边有个跟进跟出的绝色美女，一句话总结：板儿正，条儿顺，还会做人。

后来大家才知道，人家冯秀芸那可是真正的名门闺秀。在国外和季辞东一起长大,现在回国,那也是一家上市集团的市场部总监。

她不仅贴心地带来了亲手制作的解暑绿豆汤,顺便还找了维修师傅帮忙修理空调。

季辞东看着一脸悠闲坐在自己面前的人,问:"什么时候到的?"

冯秀芸温和地笑了笑:"下午两点到的。"话锋一转,半开玩笑似的问了一句,"我可发现了啊,你这组里什么时候添了个冰山一样的小美人,连个握手的面子都不肯给?"

季辞东:"她就那样,不是只对你。"

冯秀芸狐疑地看他一眼,惊讶于他也会有替人解释的时候。至少,对于他的解释她也没觉得开心就是了。

她在季辞东这个人身边十多年,知道他所有的习惯和喜好,也知道他的底线和所谓的情感分界线。

但她从不敢说,自己了解他。

她看到的他永远都是紧绷着一根弦的,坐在办公室,是不动如山的沉静模样。抬起双眸时,就是那黑夜里蓄势待发的猎豹了。

好比此刻。

有人敲开他办公室的门:"老大,闻山县出命案了。"

他拿起椅背上的外套就往外走,一边穿衣一边对她说:"今天不能送你,自己回去的时候小心一点。"

话音刚落,留给她的已经是门背后的满室寂静。

闻山县隶属于温市，在距离市中心四十公里以外的偏远地方。四面环山，绿水环绕。

本来一般的刑事案件是不会移交到调查组的，但这起是特例。

遇害的，也是个孩子。

他被人发现的时候身上穿着一件红色的裙子，以一种扭曲的捆绑方式悬吊在自家正堂的房梁上。

警察内部怀疑是畏罪潜逃的申子雄在报复社会，才有了这起诡异杀人案，所以把案子移交给了季辞东。

调查组到的时候是傍晚，找了当地一家条件一般的宾馆办理了入住手续。

一个小县城出了这么一起耸人听闻的命案，那消息早就如同漫天纸屑一样飞遍了街头巷尾。就他们住的这家宾馆大厅里就围了一堆人聚众讨论。

有人说："听说了吗？那个孩子是被邪教给谋害的，孩子他妈还说，一周之前她就开始重复梦见一个黑衣男子站在自家门口盯着房梁的噩梦，结果他儿子就死了。"

也有人不信："道听途说，我看就是自杀，那个孩子从小就自闭。"

晚饭前，他们围坐在季辞东的房间。

季辞东瞟了一眼最后进来的樊浅，她似乎刚洗过澡，头发湿漉漉的，还没来得及吹干。

他收回视线。

"石头,说明一下我们目前掌握的具体情况。"

"于小飞,男,十三岁,上初一。初步鉴定是窒息死亡,手脚上捆绑的绳结非常专业,排除自杀可能。具体的,还要等明天一早我们自己去了现场才知道。"

同行的几个组员就明天的安排开了半个小时的会。

晚上八点的时候,有人提议出去吃烧烤。季辞东大手一挥让把账都记在自己头上,樊浅正捂着空空的胃想等会儿得多吃一点。

结果,季辞东说:"樊浅,你留一下,说说看对案子的初步分析。"

"……"分析什么?他们都还没有实质性的接触,就算是犯罪心理分析,她也不能道听途说两句谣言就开始天马行空地编故事吧?

顶着上司的视线,樊浅再有意见也还是规矩地坐回原位。

季辞东往后面的椅背上一靠:"开始吧。"

樊浅:"……就我们目前掌握的情况来判断,于小飞死于他杀,尼龙绳、红裙子,还制造了自缢假象,完美策划了这一切。初步判定凶手为男性。凶案现场没留下任何指纹和痕迹,如果不是早有准备,那么他就是个犯罪高手,这点非常符合申子雄。"

季辞东撑着手点点头:"继续。"

"根据全球女性受害者的资料统计,穿红色衣服的受害者居多。不可否认红色代表血腥、暴力,同时能激发男性的性欲。而凶手选择给一个男性受害人穿一件女性的红色衣服,这极有可能代表凶手对女性的仇恨和征服欲,还有……"

樊浅实在说不下去了，就这分析，是个人都知道。

季辞东问她："你觉得凶手是申子雄？"

"不是。"她回答得太干脆，对上季辞东的眼睛又解释了一句，"这起案子无论是作案地点和手法都太低调了，不会是申子雄的做法。"

她刚说完，就发现了季辞东眼角隐约的笑意。

他站起身从床头柜里取出吹风机递给樊浅说："分析得不错。"说完在她头上胡撸了一下，"先把头发吹干。"

樊浅顿时头皮发麻，她讨厌触碰，严重时会导致晕厥。

他明明知道的。

2

第二天一大清早，樊浅刚下楼就发现了已经等在路边的季辞东。

颀长的双腿随意交叠，上身靠在车头上，除了贵气逼人还有点让人无法靠近的冷漠，看到樊浅，说了声"早"。

樊浅："早……"

市井小巷的岔路口纵横交错，大多都是由青石板和石子堆砌而成。他们七弯八绕，终于找到了位于巷子尽头的最后于小飞的家。

大门敞开，一眼就让人看到了大堂内那根醒目的房梁。

门口坐着个老汉，是于小飞的父亲，也是案发现场的第一个目击者。他老来得子，对这个孩子自然放纵，抓着季辞东他们的手声音哽咽："警察同志，小飞那孩子最是懂事，都怪我常年都在温市打工,对他的关心太少。求你们一定要查出凶手,还我孩子一个公道啊!"

季辞东拍拍男人的臂膀:"我们会尽力的。"

樊浅去查看了尸体,同时听着于小飞的父亲叙述了一整个事件经过。

6月8日凌晨,已经好几个月没回过家的于正财请了两天假。他平常都在工地上上班,和孩子聚少离多,加上于小飞有些内向,父子间的交流也就更少了。

他心想着,小飞前两天给自己打电话说学校要交三百块钱的资料费,小飞他妈又回了娘家,他不放心,就决定回趟家亲自替孩子去交钱。

结果,他打开房门看见的,就是房梁上穿着红色裙子,手脚都被绑成了极其怪异的姿势,早已停止了呼吸的自己的儿子。

于小飞的脚边还有个被踢翻的矮塑胶凳。

于正财说:"我怎么都不会相信小飞会自杀,那孩子虽然不爱说话,但是两天前通话的时候也完全看不出有轻生的迹象。"

石子孟奇怪地问:"小飞他妈呢?孩子出了这么大的事情却一面都没有露过,怎么都说不过去吧。"

于正财长叹了一口气:"孩子他妈做了个噩梦,加上小飞的事情一发生,住医院里去了。"

难道传言是真的?

樊浅仰头看了看头顶上的房梁，除了被绳子勒出的几道印记并没有什么特别。她视线一转，正巧对上季辞东看过来的眼神。

一目了然，彼此心中各有定论。

正午的时候，调查组回到了市里。

樊浅一头扎进了验尸房，半天之后，她拿出了尸检结果。

"受害人被发现的时候是凌晨，根据尸斑判断，死亡时间应该是一天以前。

脖子上有一深一浅两条勒痕，有挣扎痕迹，瘀青较少，所以被害人是被勒死之后再悬尸。

身上有新旧两种伤疤，都是虐打所致。

指甲缝隙中全是新鲜泥土，在受害人的胃部同时还检测出残留的野菜梗和泡面。"

报告一出，活生生一例虐打致死的恶性杀人案。

什么样的生活环境会让一个孩子需要野菜和泡面充饥，身上布满被虐打的痕迹？

而能长期虐待这个孩子的，不是孩子他爹就是孩子他妈。根据于正财的描述，他长期在外打工，一年都难得见儿子两回，故而排除嫌疑。

剩下的，只有那个传言中做了诡异梦境，传出邪教作案，最后还把自己给吓进医院的于小飞的母亲谢芬了。

季辞东拿着手里的钢笔来回转了两圈，再在桌子上咚咚敲了两下："石头，把谢芬带来。"

审讯室里。

樊浅和季辞东等人通过镀膜玻璃观察着里面的情况。

石头难得严肃正经："姓名？"

"谢芬。"

……

那就是个普通妇女，面对警察的问话紧张到结结巴巴。

"六号晚上你在哪儿，可有人证。"

"我……我在娘家，家里人都可以做证。"

石头一拍桌子："你还撒谎！我来告诉你，你六号在家门口五十米的茶楼里打了一下午的麻将，你输了八百块钱，于小飞背上的伤就是那天晚上你打的是吧……是不是？"

谢芬被吓了一跳，哆哆嗦嗦全招了。

原来她并非于小飞的亲生母亲，嫁给于正财的时候孩子才两岁。她平常有喝酒和打麻将的习惯，因为自身无法生育，动辄就拿孩子当出气筒。

她说孩子性格懦弱，从来不会告诉于正财自己遭到虐待的事情。

那个满身恶习、满脸世故的中年妇女露出了非常痛苦的表情，她脸色苍白，抖着双唇说："警察同志，我错了，那天打了孩子我就回娘家了，我真的没想到小飞会自杀啊。"

石头噌地从椅子上站起来，双手拍在桌上咬牙切齿："他不是自杀,是谋杀。"

……

在外面站了很久的樊浅问季辞东:"你怎么知道谢芬有问题的?"在还没出尸检报告的时候就让石头去调查了她。

季辞东放下双手抱胸的姿势:"冰箱、光盘、水槽。"

"冰箱里有很新鲜的鱼和牛肉,但日常使用的碗柜里却只有一副碗筷。客厅的桌子上有一摞广场舞的光碟,而孩子的课本却被码成一摞扔在桌角。还有水槽,全是成年女人的衣服。这并不符合日常家庭的表象,孩子的存在如同虚无。"

樊浅第一次感觉到他强大的逻辑分析。

缜密的思维,精准的判断,就如他一直以来给人的感觉,既似黑夜如水般沉静动人,也如荒漠海天般宽容隐忍。

季辞东对于樊浅的那点小崇拜有些好笑:"想学?"

樊浅小鸡啄米般点点头。

季辞东看着彼此之间的距离说:"你什么时候能跨过人与人之间那一米二的安全距离,我就可以教你。"

他看着她过分白净的双颊一点一点变得粉红,嘴角的笑意又深了两分。

摸透她的性子并不难。

清冷表面下只是不善与人交往的心理障碍,骄傲又有些小倔强,遇到不知道怎么回嘴的状况下,眼神脆弱且无辜。

他想起之前对她发火,又在心里添了一句吃软不吃硬。

案子的线索停滞下来。

谢芬不过是虐待儿童后,担心被人发现孩子受不了虐待而自杀,所以编造出了噩梦邪教杀人的谎话而已。她并不知情,于小飞在她走后不久就被人勒死,再悬挂才造成二次勒痕的事实。

警局顶多告她一个故意伤人罪。

午休的时候,石子孟正在整理审讯资料,看见走进来一个一身黑色西装的俊美男人。

他用笔捅了捅旁边的樊浅:"樊姐,你男朋友来了。"

她正疑惑自己什么时候有了个男朋友,就看见了曾云帆正一脸笑意地俯视着自己。

"师兄?"

看她迷糊的样子,脸颊边还添了两道红色的印记,他笑着制止了她要起身的动作:"你休息吧,我偶然路过的时候想起来你的药应该没有了,就顺便给你带上来。"说着从包里拿出一个白色的小瓶子放到她桌上。

"谢谢。"樊浅一直觉得曾云帆大概是这个世界上最温柔的男人了吧。就是不知道经年之后,陪他在养老院的那个小老太太是谁了。

他离开后,一旁的石子孟奇怪地看着她手里的白色小瓶子:"樊姐,你那是什么药啊,怎么连个说明都没有。"

樊浅:"治疗精神病的。"

石子孟顿时脑袋一蒙,樊浅有肢体接触恐惧症虽然没有传开,但他还是知道的,这种病有35%都是因为心理原因。他连忙转移话题:"樊姐,你男朋友对你真好。"

樊浅:"那不是我男朋友。"

"你和你男朋友是怎么认识的?"

"他真的不是我男朋友。"

"樊姐,你男朋友是做什么的?"

……

樊浅气结,她不回答了!

所以当季辞东端着水杯出来接水时,看到的就是这样一幅画面,忍不住摇头心想,以后还是不能让樊浅和石头多待,智商明显都被拉低了。

石子孟也看到了季辞东,连忙离樊浅远了两步,也不知道自己在心虚个什么劲。最后,他还是拿着资料蹭了过去:"老大,我刚刚整理资料发现了其中有一点比较可疑。"

季辞东就着手里的瓷杯喝了一口水,示意他继续说。

"谢芬在审讯的时候曾透露过,于小飞之前在挨打的时候从来不曾反抗。可就在出事的那天晚上,谢芬因为输钱打他时,他除了表现出反抗还说了一句他迟早会离开这个地方。"

季辞东沉吟了一阵。

"准备一下,我们要再去一趟闻山县。"

3

闻山县的警局监控室里,樊浅看着眼前满屏的监控录像眼睛都花了。

石头递给她一杯水:"樊姐你眯一会儿吧,两个小时后我叫你。"樊浅拒绝了。

事实上,一到闻山县季辞东就玩儿起了消失,反而让他们所有人调出于小飞家附近所有两周以内的监控,查找一个在网吧、杂货铺、学校周边出现次数最多的成年男性。

樊浅有些明白季辞东的意图,这就好比逐个排除,但这无疑是项浩大的工程,而且准确率不高。

半个小时后,季辞东回来了。

他俯身,一手撑在樊浅的背椅上一手撑在操作台上,这就在她身边形成了一个半包围的状态。

"嗡"的一声,樊浅大脑一片空白。

她感觉自己被完全笼罩在季辞东身上特有的甘洌清爽的味道中,整个人恍恍惚惚无法动弹。不过奇怪的是,她既没有出现颤抖也没有想要恶心的症状?

她无所适从地往旁边挪了挪。

季辞东像是完全没有在意她的小动作,直接问:"有什么发现没有?"

空气突然安静下来。

樊浅愣了好几秒才意识到季辞东问的是自己。

她调整了一下姿势，肩膀无意间触到了季辞东的手臂，不断地告诉自己当他不存在，当他不存在。很显然，这种心理建设也没什么作用。

她有些窘迫和尴尬："那个……你先离我……离我远一点。"

季辞东侧头看着她红到快滴血的耳朵："紧张？"

樊浅"嗯"了一声。

他不动声色地收起了对樊浅压迫的气场，双眼盯着监控录像说："有没有找到可疑的人？"

樊浅终于得以端正坐好："有，但是常出入这几个地方的人很多，我们排除下来也有三个人都符合我们要找的标准。"

根据石头调出来的监控显示。

一号嫌疑人刘友。

三十岁，无业游名，多次出现在上述几个地点，是当地出了名的地痞流氓，常在学校附近勒索小孩子钱财。

二号嫌疑人欧坤。

二十六岁。单身独居，曾跟着于小飞的父亲于正财一起到温市做过建筑工人，沉默寡言，少与人交际，多次因为古怪的性格与人发生冲突。

三号嫌疑人冯柱。

二十九岁，是闻山县人人喊打的对象，好几年前就因为强奸未遂被抓去蹲了牢，出来后也恶性难改，常在街上拉住陌生女子言语调笑。

有人问："现在怎么办？把他们都抓来逐个审讯？"

石头站出来说："我看可行，你们看上述几个人，我觉得一号嫌疑最大，他常常勒索孩子钱财，而于小飞在遇害前两天找他父亲要了三百块资料费，但是根据我们得到的信息，学校根本没有要买资料这回事。"

季辞东听完没有说话，转头看着樊浅。

樊浅迟疑了一下还是说："我认为……二号嫌疑最大，虽然三号嫌疑人的行为也非常容易让人联想到小飞身上的红裙子，但我们真正的嫌疑人他起码不是一个正常心理的健康人，一个已经开始杀人的变态者，他应该是缺乏人类情感，没有同情心，在这个社会上如同影子一般的存在。但是一号和三号的情绪是张扬外放的，这并不符合犯罪心理的基本描写。"

石头点头如捣蒜："樊姐一说，感觉还真是这样。"

季辞东瞟了石头一眼，看着樊浅说："犯罪心理分析很有必要，但要抓住凶手，我们要的是证据。"接着吩咐石头，"查一下这个欧坤的地址，申请逮捕令，逮捕他。"

石头已经开始在键盘上十指如飞，之后才反应过来："老大，你一早就知道凶手是欧坤啊？"

· 037 ·

樊浅也看向他。

季辞东"嗯"了一声,发现樊浅和石头都盯着自己不放的时候才开始解释:"第一,于小飞家的地址比较复杂,家庭情况也比较特殊。凶手要想避开于小飞的后母杀人于无形,那只可能是熟人作案。

"第二,从家出发到学校的时间大概是半个小时,根据于小飞后母提供的线索,凶手肯定会以欺骗受害人为由而进行接触,获取信任。想要避开这段路的所有摄像头,就只有一个地方,拆迁的建筑楼。这势必会留下大小不一的脚印和痕迹。

"第三,绳结和裙子,我问过附近的老板,近两周唯一买过类似物品的,是一个叫欧坤的建筑工人。他,一定就是凶手。"

樊浅:"……"

石头:"……"

原来他一早就出去的原因是去勘测路线,搜查证据去了。但是他都有足够的把握能找出真凶了,还让他们调监控干什么?

季辞东一巴掌拍在问出这句话的石头的后脑勺上:"把调查组的成立宣言说一遍!"

"不放过任何一条线索!不听信所有怀疑可能!"

在监控室的组员笑成一团,连樊浅都忍不住莞尔。

季辞东一脚踢在石头的凳子上,笑着呵斥:"好好工作!"

如此气场全开,邪魅狂狷的季辞东,樊浅还是第一次见,他像是突然一下子落到了实处,真实的、伸手就能触碰的存在。

不过几分钟，石头双手在键盘上一拍："搞定！他住在石子路吴桐巷 54 号。"

老旧的筒子楼，环境嘈杂且混乱不堪。

欧坤住的地方在三楼转到拐角处的一间小出租屋，上楼前遇见房东阿姨："你们找谁啊？"

樊浅本来走在最后，停顿了一瞬："阿姨，我们找欧坤，他住这儿吗？"

房东顿时古怪地看了他们一眼："在。"然后嘟嘟囔囔地进了屋。

季辞东打了手势，几个人继续前进。

站在欧坤的房门口时，屋里传来了非常奇怪的声音，像是电锯，紧接着又响起了菜刀大力剁在木板上的动静。"咚咚咚"的声音持续不停。

屋外的几个大男人包括樊浅都想到了一个不可描述的可怕画面，同时脸色都变了。

季辞东"哐"的一声，直接撞开了不算牢固的木门。

"靠！"进屋之后，石头忍不住爆了粗口。

他们看见了一个垃圾场一样的屋子，外卖盒、卫生纸、饮料罐堆积成山，还隐隐散发着一股馊掉的味道。站在房间右边的男人围着围裙，举着菜刀看见突然闯入的几个人，平静地问："你们找谁？"一头乱糟糟的头发，眼神呆滞无光。

而他面前的刀板上，明晃晃的两个大猪蹄。

反应过来的石头几人立即夺下他手里的菜刀将人控制住。

"找的就是你。"季辞东在屋里转了一圈，拿起角落里的半截尼龙绳，"欧坤，你认识于小飞吗？"

上一刻还面无表情的男人突然笑了，不是阴暗的嘲笑，而是真正地笑了。

那一脸温柔的笑看得樊浅心里一紧，果然，他说："你们见到他了吗？样子是不是特别美？我给他换上了最漂亮的衣服，送他去了最安宁的地方。"

抓着他手的石头忍不住踹了他一脚："人渣！"

他像是毫无感觉，沉浸在自己的世界里："你们看他多么可怜，他在哭，全身都很痛。他不敢告诉他的爸爸，那个女人会不停地打他，打他。"

樊浅脸色发白："所以，你解救了他？"

欧坤把视线移向樊浅："是啊，我救了他。他在求那个女人，他拼命地给她磕头，还哭着不停地认错。他凭什么！凭什么要做这一切！"

说完之后，他突然朝樊浅的方向挣扎而来，季辞东及时扯了她胳膊一把，然后侧身挡在了她的面前。

见状，欧坤沉寂下来。

樊浅看着面前的身影，扯了扯他的衣摆："这个人已经，疯了。"

季辞东确定了樊浅没什么特别反应之后，点了点头。

根据石头查到的信息，欧坤的母亲很早就离开了，父亲是个酒鬼，从小就被父亲毒打，有非常严重的精神疾病和狂躁症。

欧坤把于小飞的处境带入了自己的小时候，然后残忍地将于小飞杀害了。

4

因为欧坤对自己的杀人行为供认不讳，这起诡异的案子终于宣布告破。

当天市局派来了律师，杜伯萧。他到的时候，樊浅和季辞东正在闻山县的警察局做相关记录。

这位在温市乃至全国都非常出色的律师看着季辞东，笑着招呼："辞东，好久不见。"他戴着一副金丝框眼镜，干净儒雅，文质彬彬。

季辞东："好久不见。"

两人在美国的时候曾有过几次短暂的会面。

因为这起案件是精神病杀人，杜伯萧说案子还得经过审理和鉴定之后才能给出相应的结果。

可是……

就在当天，有人找上了他们，是欧坤租房的那个房东阿姨。

她欲言又止，磕磕巴巴："欧坤是我看着他长大的，性子的确古怪了些却也干不出杀人的事。"

她说就在于小飞被害的前一周有个男人来找欧坤，结果从那天起欧坤就开始行为古怪，问他话也不知道回答。因为他本身就活得比较自闭,所以大家都没怎么在意。

"看清那个男人长什么样了吗?"季辞东问。

房东说当时男人戴着帽子,看不到全脸。

樊浅内心一震,一个答案在喉咙呼之欲出。

难道是那个在逮捕器官走私案的时候,敲他车窗的男人?樊浅连忙追问:"他是不是戴着鸭舌帽?很高,大概一百四十斤的样子。

房东说她也不是特别清楚。

季辞东问樊浅:"是不是发现了什么?"

她跟他描述了一下自己的猜想。码头出现的男人行为非常奇怪,一定有一个不为人知的目的。而现在这个突然出现的神秘男人,会不会和之前的是同一个人呢?

季辞东突然抓起桌上的车钥匙:"走,我们去欧坤的房子看看。"

房里满地的垃圾,案板上那两个大猪蹄上粘满了嗡嗡吵个不停的苍蝇,一股腐肉的味道充斥着这个小空间里,令人作呕。

两人在屋内转了一圈之后,季辞东说:"我们的确忽略了一个问题,一个长期生活非常糟糕的人,最难清理的墙角比想象中干净。"

樊浅凑了上去,果然,从角角落落来看这里并非常年不打扫的样子。

也就是说,这屋里所有糟糕的状况大概就是那个神秘男人出现后开始堆积的。

樊浅皱起了眉，出神之间听见了一句："小心一点。"

她仰头看去才发现是自己差点撞到了旁边一节带了钉子的木板，而季辞东的手就恰好放在了那个钉子上面。

她微窘："谢谢。"

刚落下话，季辞东就说了一声："等等。"

他示意樊浅让开，拿起了随意堆在角落的那十几块两米多长的木板。仔细辨认下，墙上有一块成人高一米宽大小的区域，比周遭已经开始剥落发黄的颜色要浅一些。

他试探着敲了两下。

有回音。

两人对视了一眼，季辞东从身上掏出了枪，示意樊浅站到自己身后。

一个飞踢，房门"哐当"一声直接倒地。

隔间并没有传出什么声音，他们试探着走了进去。

屋内没有灯，只有高墙上一个如两个巴掌大小的窗口里投进了几缕微弱的光线。

季辞东打开了手电筒。

在看到屋里的场景之后，他的第一反应是去捂樊浅的眼睛。

他也确实那样做了。

可不过两秒，他的掌心传来睫毛微微扇动的触感，紧接着是她颤抖的声音："季辞东，你放开我。"

季辞东有些迟疑，他知道她看见了。

那满墙的照片，是关于她十九年前的噩梦。

在那场噩梦里，她失去父母，甚至失去了和人接触的能力。

季辞东最终还是选择了松手。黑暗中，他掏出了一根烟点上，任由樊浅从他手上轻轻拿走了手电筒。

他触到了她的手指，冰凉得让人心惊。

季辞东狠狠吸了两口香烟，看着面前那有些单薄瘦弱的身影，隔着几米远的距离他都能感觉到她的绝望和痛苦。

他粗略看过十九年前那个案子的卷宗，用惨不忍睹都不足以形容。他看着她一步一步地走过照片墙，让那些血腥和恐怖的记忆再一次席卷脑海。

就在樊浅感觉自己下一刻连站稳都做不到的时候，季辞东将烟头扔到地上用力碾熄，走上前去抽回了她手里的手电筒，强势扳过她的脑袋，声音嘶哑："不要看了。"

樊浅突然转身，脸埋在他的胸膛上。

季辞东第一次有种无从下手的挫败感。

她是长辈推荐来的法医，专业能力顶尖，有心理创伤但又懂一部分犯罪心理。他一直告诉自己，他就是一个引导者的作用，他给她空间任意发挥，用尽全力让她走出困境。

但是，她现在这样在他面前哭。

他任由心口处的丝丝疼痛蔓延，直到把手放在了她的头顶。

很久之后，樊浅才平静下来。

她突然说："季辞东，我的肢体恐惧症好像开始好转了。"连她自己都很诧异，十几年来，她无法和人进行身体接触。唯独季辞东，只要是他，哪怕身处在这如地狱的空间里，她都没有出现太大的状况。

季辞东看她转移的点很奇怪，难得没泼她冷水："走吧，我们先出去。"

他拉住她的手，手电筒光线却在倒转中无意照射到了头顶的天花板。

黑暗中，季辞东危险地眯起了双眸。

……

浓烈刺目的血红色，诡异妖艳的模糊图案，像是黑夜里张着血盆大口的鬼魅，又如接近死亡戏剧里的小丑。那正中间，写着一行触目惊心的大字：

Welcome to hell,my dear fallen angel（欢迎来到地狱，我亲爱的堕落天使）。

樊浅心口发凉，却在下一刻感受到了手心传来的紧握力度。

半晌之后，反倒是她先出了声："季辞东，我需要提审欧坤。"

欧坤突然犯案，出现在出租屋里的神秘男人，以及这满墙的照片和痕迹。

所有的这一切，似乎都指向了十九年前的那四起灭门惨案。

这个神秘人会是当年逃脱的凶手吗？如果是，真凶是谁？樊浅感觉自己离真相越来越近，却始终抓不住要点。

究竟是谁？

在黑夜里一直盯着她？

5

季辞东正带着樊浅去往关押欧坤的警局。

樊浅从上车开始就没有说过一句话，看着窗外不知道在想些什么。季辞东换了握紧方向盘的手，出声问："不冷吗？"

他示意她把车窗关上，却换来樊浅茫然的眼神。

他叹了口气，知道对方大概连他说了什么都不知道。他看了车前方一眼，朝樊浅的那边偏过身。

这次樊浅总算反应过来，任由季辞东替自己摇上了车窗。

他短短的头发有好闻的味道，微微移动的时候不小心触到了她的鼻尖，痒痒的。

"阿嚏！"她揉了揉鼻子。

季辞东立起身，看她红红的鼻头和濡湿的眼睛，活像一只被欺负了的某种毛茸茸的动物。

"感冒了？"他问。

樊浅摇摇头。她瞥见季辞东放在一边的手机亮了起来，提醒他："你电话。"

他示意让她接。

是杜伯萧，他为什么会打电话来？

短短半分钟的时间，季辞东看见樊浅拿着手机的右手无力垂下，看着自己的眼睛里满是震惊和慌张。

她说："季辞东……欧坤，他自杀了。"

怎么会那么巧呢？偏偏在这个节骨眼上。

季辞东瞬间就拧起了眉，他顿了一下，提醒樊浅："坐稳！"

下一秒，车子迅猛地往前蹿去。窗外快速倒退的人流和景物丝毫没能缓解车内沉重的气氛，两人心里都犹如压了一块大石头。

到警局的时候，杜伯萧正等着他们。

他也是一脸复杂："欧坤在食堂窃取了切菜用的菜刀，是非常严重血腥的自残，切断了自己的右臂。被人发现的时候已经失血过多无力挽回了。"

季辞东问："这中间有没有什么可疑的人来探望过他？"

"没有，据我们了解，欧坤基本已经没什么亲人了。这欧坤虽然有精神病，但这死得确实有些蹊跷。"

樊浅问他："为什么？"

他说自从欧坤被捕，警局一直都有找专业的医生给他治病。欧坤也挺清醒的，可问起杀害于小飞的事情却说自己不记得了。

最后杜伯萧补充了一句："按照他的情况来看本来该越来越往好的方向发展，可这突如其来的自杀，怎么想都显得有些奇怪。"

没错，欧坤突然自杀，还有之前突然发作的精神病，残忍杀害

·047·

了于小飞。他究竟是真的自己动的手，还是有人暗箱操作逼他动的手呢？

　　樊浅和季辞东在傍晚的时候一起回了酒店。
　　行程计划是明天就得回到市里。表面上于小飞的案子已经破了，凶手畏罪自杀，但眼下这境况，疑点重重，像一团乱麻一样让人理不清思绪。
　　就连那个被人精心布置的、出现在欧坤出租屋里的小隔间，除了一些零散残破的指纹，就只能看出嫌疑人张狂无畏的挑衅。如此缜密的手段必然不可能是欧坤所为，但对于这个真正的幕后黑手，他们目前依然一无所获。
　　樊浅心事重重地抱着笔记本电脑去了季辞东的房间。
　　他正在打电话，房门虚掩着。
　　电话那头似乎是个女生，樊浅听见季辞东说："暂时回不来……嗯，我知道，你找那个物业……行，注意安全。"
　　站在门口的樊浅这才觉得有些尴尬，想起上次到办公室找他的那个冯秀芸。
　　家长里短，怎么听都是男女朋友的关系。
　　樊浅连忙退出来。
　　就犹豫了这一两秒钟，结果季辞东却看到了她。他先是一愣，然后走过来拉开房门说："先进来。"
　　樊浅立马摆手，她本来对这样的人情世故就不是太擅长，越发觉得不知所措了:"不用了……那个,我就是睡不着,想讨论一下看看有没有什么新线索。你忙吧!"

季辞东好笑地看着她急得不行的样子,扬了扬手里的手机:"没事,打完了,你先进来坐。"

樊浅:"……"她是真不想坐了啊。

暗道自己没事儿干吗非得来找他,弄得现在进退两难。

她还想挣扎,抬眼却撞进季辞东深黑的双眸里。他也不催她,就保持着开门的状态。

樊浅迟疑了一下,最后只有硬着头皮进了。

季辞东给了她一杯水,拉了个凳子在她面前坐下。

"……"

不习惯这样的面对面,樊浅只好用低头喝水来掩饰自己的紧张。

对面的季辞东不知何时脱下了外套,里面穿着一件白色的棉质T恤,袖口挽至手肘,露出劲瘦有力的胳膊。他的气质一下子变得柔和起来,恍惚间反倒让人疑惑到底哪一面才是真实的他。

樊浅强迫自己收回视线。

她翻开摊在面前的笔记本电脑开始理思路:

申子雄杀了唐宵元,欧坤杀了于小飞。申子雄失踪了,欧坤精神异常,后自杀。敲樊浅车窗玻璃的戴帽人,出现在出租屋的神秘男。挖走器官、报复、红裙、救赎。

季辞东一言不发地看着樊浅,丝毫没察觉自己看灯光下碎碎念的那个人的眼神，比平时不知柔和了多少分。

樊浅倒是没什么察觉。

两分钟后，她非常严肃地抬起头："季辞东，你有没有发现这后面所有的事情都是从申子雄失踪开始的。"她突然睁大眼睛，"你说，申子雄会不会就是那个神秘……"

"目前并没有任何证据能证明这一点。"季辞东打断她。

看到对面眼神暗淡下来的人，他又说了一句："樊浅，看着我。"

直到她抬起眼，他才继续说："凶手明显是在针对你，既然他有意挑衅又躲在暗处，这种时候我们越要做到冷静面对，能记住我的话吗？"

看着季辞东的眼睛，樊浅缓缓点了点头，一直吊着的心也跟着他的话突然落到实地。

她正打算说点什么，却被突然响起的电话铃声打断。

晚上十一点，谁会在这个时候打来电话？

她刚"喂"了一声，电话那头就传来石头急促紧急的声音："姐！你们在哪儿？老大呢？快让他接电话！"

"酒店，他就在我旁边。"

季辞东丝毫没有提醒她这是非常会引起别人误会的话，接过她递来的手机后先给石头解释一句自己的手机没电了，才问："出了什么事情？"

他难得耐心地等着石头从震惊里回神。

良久,才传来石头的声音:"老大,我们接到报案,申子雄……他死了,而且是在半个月以前。"

季辞东看了樊浅一眼,神色逐渐凝重起来。

第三章
TOUHAO
QINGDI

头 号 情 敌

1

半个月以前,那就意味着申子雄从来就不是什么失踪,而是……被杀了。

而且极有可能,是在刚抓获走私团伙的那个时候。

樊浅突然明白过来,那天在码头敲她车窗的男人根本不是申子雄,而是凶手为了误导他们,以掩盖申子雄被杀的事实。这也是他为什么敲了她车窗最后却突然走掉的原因。

是谁呢?

明明每次都有一种真相就在眼前,却又被人强行阻断的感觉。

樊浅和季辞东一早赶回市里。

发现申子雄尸体的是一对小情侣。

大学的社团组织出去露营，这对小情侣半夜两点的时候跑到山坡后面去约会。女生无意中抓到了地上的手指，正奇怪男朋友的手怎么如此僵硬和冰冷的时候，却发现男朋友的双手正枕在后脑勺上仰天睡觉呢。

石头对着赶回来的季辞东和樊浅描述这一段的时候，表情似笑又似同情："那个小姑娘，大概以后再也不敢直视自己男朋友的手了吧。"

同行上山的警员说："谁让他们没事非得半夜出去约会，难道你还真相信他们是看星星看月亮，从诗词歌赋谈到人生哲学啊？"

石头被堵得没话说。

他回头看到后面并行的樊浅和自家老大，倒回去神秘兮兮地问："樊姐，你和老大难道昨晚就是因为谈诗词歌赋谈到半夜十一点多的？"

樊浅："……"

"闭上你的嘴！"一旁的季辞东出声，眼睛仅是扫了石头一眼，吓得石头连忙转身就往前跑。

但石头同时也发现，后面这两人之间的气氛，从回来之后就变得有些不可言说的微妙起来。

清晨山上的湿气还有些重，樊浅穿着的还是昨晚从闻山县赶回来时的那件白色单衣。

季辞东看了她一眼，脱下自己的外套递了过去。

樊浅一愣："不用了，我……我不冷。"

"穿上！"

她最后发现，这季辞东要是存心想做一件事的时候，那别人的意见根本都是废话。

最后，她就这样披着某人的外衣，光明正大地出现在了众人的视野中。

发现申子雄尸体的地点是在一个斜坡上。

大概是埋尸的土坑挖得不够深，加上前两天温市突降暴雨，这才让他得以被那对半夜约会的小情侣发现。

看到现场，很多警员都忍不住吐了。

也就樊浅还能面无表情地站在原地，对着面前这具严重腐烂、头颅不翼而飞的尸体做研究状。

她问："确定是申子雄吗？"

旁边的警员回答："确定了，根据昨夜的 DNA 对比，的确是申子雄无疑。"

正午的时候，太阳明晃晃照得人皮肤发疼。

申子雄的尸体已经被运走，季辞东等一行人在山脚下的一个小餐馆里准备进行午餐。

周遭人来人往，喧闹嘈杂，老板的儿子正趴在收银台上做算术题，隔壁桌的彪形大汉也喝得酩酊大醉。

樊浅坐在季辞东的左手边,她左边是一个刚毕业出来实习的女警。

姑娘从坐下开始就有意无意地往季辞东的身上瞟,座位上的那个凳子更是一步一步往这边靠。

明眼人一看就能知道小姑娘的那点儿小心思。

也就樊浅心大,天气本来就热,旁边还有一个不断往自己身边挪的人。在那个姑娘眼看就要碰到自己身上时,她终于忍不住往旁边的方向偏了一点,出声:"那个……你是想要换个位置吗?"她也没觉得自己这儿有多凉快啊。

结果那姑娘脸唰地就红了,咬了咬嘴唇说:"不好意思!我,我就是第一次见到季警官,有些激动。"

樊浅先是一愣,终于明白这是遇着季辞东的小迷妹了。

她把自己的胶凳一拖,往后面让了很大一个空位:"行了,那你坐过来吧。"

姑娘急得脸都白了。

再看季辞东,全桌的人默契得一句话也没敢说。

结果,季辞东看了樊浅一眼,笑得无奈,向她隔壁的姑娘问:"刚毕业?"

姑娘顺理成章地和樊浅换了位置,激动得声音都在发抖:"嗯,那个季警官,你一直是我的偶像,我考警校的原因就是想成为和你一样的人。"

桌上有人起哄:"顺便再找个像季警官一样帅的男朋友。"

姑娘紧张得手脚都不知该往哪儿放，反倒是季辞东，倒了一杯桌上的茶放在她面前说："谢谢，加油。"

不论身处怎样的境况，他总能在关键时刻找准中心，掌握全局。

樊浅想，他和别人如此不同。

樊浅听着身边的一问一答模式进行了好久，虽都和专业相关，但她还是不能理解自己那怪怪的心理是怎么回事。她拿着筷子往面前的那一盘四季豆里戳了戳，突然没了食欲。

坐在她正对面的石头心里干着急，心说桌上的气氛真是别扭透了。他不得不寻了个话题转移注意力："那个樊姐，你觉得申子雄是被谁杀的啊？"

樊浅手上的动作一顿，思考了一下回答："事发时间隔了太久，现场没有丝毫关于凶手的线索。但就直接摘取头颅的手法来看，凶手应该是非常痛恨申子雄的人。"

有人附和："我看就是仇杀，那个申子雄连杀人取器官这等泯灭良知的事情都干得出来，就该料到自己会落得如今这般下场。"

樊浅没接话。

除了季辞东，没有人知道关于背后那千丝万缕的联系，何况是在没有证据光凭猜测的前提下。但现在，申子雄已死，那就意味着他们之前关于申子雄就是神秘人的推测都不成立。

她的心，一点一点开始往下沉。

直到，面前的碗里突然出现一筷子自己爱吃的莴笋，顺带耳边传来一句:"吃饭!"

他是什么时候坐过来的?

樊浅转头看到季辞东坚毅的脸,下一秒对视上他深黑的目光。

心下一跳,连忙转开视线。

2

申子雄被杀案毫无头绪,石头一边翻着近两年来相关的卷宗,一边大声嚷着太无聊,遂滑着椅子到樊浅身边唠叨:"姐,你说我是不是欠虐?忙得脚不沾地的时候嫌太累,现在这每天按时上下班的,又觉得自己跟个废物没什么区别。"

樊浅懒得理他。

调查组的确好久没有这么清闲了,自樊浅来了之后事情一个接一个。可最近既没有杀人抢劫,也没有走私越货。

她看了看手机的时间,离下班还有十分钟,今天和曾云帆师兄约好去导师家吃饭。

她掐着点儿出了办公室,在走廊遇见刚刚办事回来的季辞东。

两人都是一愣。

樊浅胡乱地朝对方点了下头就准备开溜,她实在受不了近段时间自己这别扭的性子,一看见他,浑身都不对劲。

"站住!"

樊浅脚步一顿,回头见着季辞东站在离她三米远的地方。他看她的眼神意味不明:"你躲什么?急着去见男朋友?"

樊浅干巴巴地回答:"不是。"

季辞东嘴角微勾,把手里的文件递到她怀里:"这是你的体检报告,体能不合格。从明天开始,每天一千米、二十个俯卧撑、二十个仰卧起坐。明白了吗?"

她不明白好吗!

她是法医又不是刑警,在院校的时候,仅是八百米的考试都能要了她半条命,这不相当于谋杀嘛。

季辞东看着面前低着头,不回答也不反抗的人,知道她的别扭劲儿又上来了。

他面色一冷:"樊浅,这是命令!你还想像上次一样赤手空拳地跟人来场近身肉搏?"何况欧坤案件的那个暗房警告,一直让他非常不安。

樊浅抬起头,季辞东又接着添了一句:"放心,我会跟你一起。"

"哦……"她最终还是嗫嗫地回了这么一句。

季辞东看着渐渐消失在走廊的身影,伸手摸了摸裤兜,才想起来自己最近在戒烟。

他刚回来的时候看到了楼下等着的那个叫曾云帆的男人,他也见过樊浅在曾云帆面前的样子,是非常放松且绝对信任的状态。

他承认自己对樊浅的感觉不一般,不然也不会抓着她体检报告上那点小毛病不放手。

但是,那又如何呢?

他听着楼下引擎发动的声音,弹了弹领口并不存在的灰尘。

只要他季辞东决定要套住的人,十个曾云帆他都不会放在眼里。

而此时的樊浅看着开车的曾云帆问:"师兄,老师怎么突然说要一起吃饭?"

曾云帆倒了个车,然后回说:"是师母,她看了这段时间的新闻一直不放心,责怪老师把你弄进了那么危险的地方工作。"

樊浅失笑。

她五岁那年遇见的何洪秋夫妇,那个时候他们两个人都是法医,在十九年前的那起案子里负责了部分工作,因为自身没有子女,一直供她读完大学。

知道她无法和人接触,他们给了她非常多的关怀,还给她请了不少的心理医生。

和父母一般无二。

到老师家的时候,大老远就闻到了很香的味道。

樊浅一直觉得大概是师母的厨艺太好,才让自己炒出来的东西连入口都做不到。曾云帆还嘲笑过她,明明是自己懒还找借口。

饭桌上,樊浅看着面前堆成小山一样的饭菜有些不知怎么下筷。

师母还在不停地往她碗里夹:"小樊啊,多吃一点,你看你最近都瘦了。"说着还踢了旁边的人一脚,"都怪你!没事让她去什么市调查组,那是她一个女孩子该去的地方吗?"

· 059 ·

导师何洪秋也不反驳，优哉游哉地喝着手边的茶，还有空问问曾云帆的情况："你那个医院搬迁的事情弄得怎么样了？"

搬迁？樊浅疑惑："师兄你家的医院要搬地方啊，怎么没听你说过？"

曾云帆笑笑："搬得差不多了。"说完又看着樊浅，"你手里的事情够烦心的了，不过新搬的地址离你工作的地方不远，步行十几分钟就能到。"

师母在一边打岔："这可好了，离得近以后就一起上下班，除了保护你的安全，还能顺便增进感情。"

樊浅向曾云帆投去抱歉的眼神。

师母致力于撮合两人五六年，遭到双方多次否认之后依然乐此不疲。

此时恰巧响起的手机铃声，解救了她。

一看，是季辞东。

她刚"喂"了一声，对面的人就说："明天可能会下雨，训练改为室内，不要迟到。"

樊浅答应了，却发现对方没有挂断的意思。她迟疑地问："还有什么事吗？"

很久之后，那边说："没有。"

下一秒，听筒里嘟嘟的占线声和突然黑下来的手机屏幕弄得樊浅一头雾水，再抬头看着桌上同时望着自己的三双眼睛。

导师:"季辞东啊?"

樊浅吓了一跳,低下头"嗯"了一声,却没看见旁边曾云帆那双握着筷子逐渐发白的手,和师母那叹息的神情。

3

傍晚的时候果然下起了暴雨,雨滴噼里啪啦地打在窗外的挡风玻璃上。樊浅被扰得睡不着,索性从床上坐了起来。

看着远处无尽的黑夜和风雨摇曳的树影,她脑海中出现的,竟是季辞东的脸。

连后来是怎么睡着的,樊浅都不记得了。

直到猛然惊醒看到床头的闹钟指向九点,她绝望地知道自己今天免不了一顿臭骂。用了十分钟起床洗漱,她赶到局里室内的训练场时,季辞东果然已经在了。

他穿着黑色制服,手戴黑皮手套,正在练习打靶。

流畅的动作,完美的肌肉线条。樊浅完全不敢想象自己竟然有一天也会对着一个男人的背影愣怔出神。

"傻站着干什么?过来。"季辞东停下手上的动作,对不远处的樊浅说。

樊浅回过神,一步一步挪了过去。

季辞东把枪塞到她的手里:"会用吗?"

樊浅摇了摇头,结果就被季辞东从身后将她整个人圈进了怀里。

她在女生中不算特别矮，但是有些瘦，季辞东这个姿势完全锁住了她所有的动作。

她瞬间捏起了拳头，防备心层层竖起。

但就季辞东那种力量为王的人，怎么可能轻易被人逃脱。他说："别动！难受也给我忍着！"其实他还是预先估量过的。

就前几次经验看，樊浅对他的靠近并没有那么抵触。

他一边抓着她的手，一边观察着胸前的人的反应。直到确定她只是有些紧张之外并无过激反应后，他握紧她的手："确认子弹，打开保险，据枪要稳，后机匣在肩窝处抵实。右腿在一直线，控制呼吸不要分神，瞄准，射击！"

"砰"的一声，樊浅有种灵魂被惊醒的震撼感。

还没等她回过神，季辞东就先松开了她："你力量太小，慢慢来。"

整个早上，就在樊浅反复的练习和季辞东偶尔的提点中悄然度过。

午饭的时候，训练场的门口突然传来一道女声："辞东。"是冯秀芸。她笑看着两人挨在一起的身影，走过来，"整个办公室都没有看到你的身影，还以为你又出去办案了。"

季辞东一边脱下行装，一边回："怎么不事先打个电话？"

对方自然而然地接过他的衣服。

"还不是怕打扰到你。"冯秀芸看向在一旁站着的樊浅，"你好，我是冯秀芸，上次见面都还没来得及好好打招呼。"

樊浅看着面前那只白皙的手。

"你好。"她的手依然垂在身体两侧,淡淡点头的样子恢复一贯的拒人千里。

季辞东敲了一下樊浅的头,斥道:"毛病!"

樊浅乜斜了季辞东一眼。

反倒是一旁的冯秀芸,看着两人之间的互动,脸上的笑比开始淡了好几分。

警局的食堂里,所有人看着并排走来的三人组合越看越觉得诡异,心说这老大也不知在想些什么?

石头自觉让出座位让樊浅坐到自己身边,悄声和她八卦:"姐,你没和冯大美女打起来吧?"

樊浅一脸你在说什么的表情。

石头白眼都快翻上天了,敢情这里还有位完全状况外的人。看看人家冯秀芸,温柔体贴地问候,夹在老大碗里的还全是他爱吃的菜。活该你单身!

樊浅表示很无辜,她承认自己有点儿不舒服。但相比对着冯秀芸那张脸,确实并没有比验尸房的一具尸体来得更让人安心。

饭吃到一半,冯秀芸突然笑着问:"樊浅,你有男朋友吗?"

坐在她对面的樊浅一怔,而旁边的石头则兴奋得脸都红了,心说来了来了,这是要开始插刀的架势啊。

结果,她又自顾自地接了一句:"一看你就没什么经验,我看石头就挺好的啊，幽默风趣。你们一冷一热刚好互补。"

石头僵住，眼神闪躲得都不知道该往哪儿放。

单就凭冯大美女这句话，老大大概就可以直接把他发配到非洲去挖煤矿了。他求助似的扯了扯边上樊浅的衣服。

樊浅抬头对上季辞东同样看过来的眼神，夹了一筷子菜之后淡淡地回了一句："石头是挺好的，既然你看得上，我可以把这个弟弟介绍给你。"她说得非常认真，认真到不会有人怀疑她在开玩笑。

冯秀芸："……"

石头："……"

旁边一直没发言的季辞东，听到这话后嘴角的笑意越扩越大。

众人心里都是一凛，想说这樊浅杀人于无形的本事越来越靠近变态级的季辞东了。

惹谁都别惹这两人。

4

这样难得闲暇的时光并未持续多久，在小半个月后，季辞东带樊浅去一家迪厅的时候被打破。

美其名曰是让她适应人群，实则是一起"扫黄"行动。

市局亲自下的命令，在全市大规模地展开搜捕。调查组也参与了这次行动，但这样的黄赌毒扫荡事件还轮不上季辞东亲自动手。

夜幕已临，路灯渐次亮起。

季辞东还是带着樊浅随意地进了路旁的一家迪厅。

震耳欲聋的快节奏音乐，舞池里疯狂摇摆身体的男男女女。樊浅一进这个地方，就觉得头隐隐作痛。

季辞东拉着她快速闪进了迪厅后面的小侧门。

前厅的动静顿时小了很多，憋闷的空气也消散了不少，她终于忍不住长舒了一口气。

就在这时，逼仄昏暗的楼道里有人小声议论："这次小心一点，都是上等的姿色，苗姐下个星期就等着验货，要是出了问题，小心你们的小命！"

夜晚成了罪恶根源的保护色，两人对视一眼。

樊浅负责打电话通知行动队，季辞东则示意她待在原地，自己摸索着跟上了刚刚楼道里的几个人。

那三个人进了二楼走廊尽头的那间包厢。

谈话内容无非是一些上不了台面的情色交易。多年刑警生涯，又身处在这样的地方，季辞东斜靠在包厢外的走廊上不知在想些什么。

有路过的人古怪地看一眼这个不容人忽视的存在。

他不动声色地转动着手中的打火机，指尖跳跃着淡蓝色烟火。

突然有人大声地问他："你是谁？在这里干什么？"

他抬眸看了来人一眼，在对方还没反应过来的时候，一个擒拿手就让对方疼得哇哇大叫。

这动静吸引了包厢里的人，一下子就冲出十几个人高马大的中年男子。

季辞东在这群人中扫视了一眼,一个猝不及防的扫堂腿彻底点燃了这场争斗。

痛苦的呻吟声、剧烈的惨叫声响成一片,等季辞东把最后一个人压在地上的时候,时间不过过去了十几分钟。

季辞东拍拍地上人的脸:"说吧,人在哪儿?"

"你问谁?"

他嗤笑一声,薄唇缓缓张开。

"来人啊,死人了!快来人啊!"这声突如其来的惊声尖叫让季辞东一顿,想到楼下等着的人,神色一凛。

他手起刀落劈在男人的后颈,拔腿就往樊浅所在的地方冲了过去。

而此时待在楼下的樊浅同样听到了动静。

混乱中不断有人从侧门跑了出来,樊浅不得不离开原地再次走到了迪厅里面。

她得找到季辞东。

恰巧在这个时候行动组的人也刚好赶到。

十几个干警一拥而入,瞬间将几个出入口围得水泄不通。戛然而止的大厅音乐,惊慌失措的客人小姐,还有试图在人群中制造恐慌的所有嫌疑人士。

场面总算被控制下来。

樊浅强忍着因混乱中心冲击之下的不适感，站在人群之外调整着自己的状态。

这其实已经比到调查组之前的情况好了很多，她试图克服肢体接触障碍。面对眼前这场景，她只是不适，并非不行。

她的视线穿过人流，搜寻许久也没能看见季辞东的身影。

她隐隐有些担心。

在现场情况得以控制的前提下，总算有人说清了发生混乱的原因——迪厅西侧一间单独的更衣室里，一个浑身赤裸的女人，倒在冰凉的地板上，被发现时已确认死亡。

发现她的是打扫清洁的阿姨。

死者除了浑身赤裸，还有颈部一根悬挂在衣柜把手上的绳子。

"性窒息意外死亡？"这道突然出现的声音是来自这次行动组的组长刘警官。

从警多年，他见过不少这样的案例。

站在警戒线以外的樊浅都忍不住看他一眼，原因是大多数人看到这样的场景第一个怀疑的就是性侵、他杀。而且在性窒息这种发生概率男女比例为 50 : 1 的情况下，却做出了这样的推断。

的确是需要具备一定的经验。

可是，下一秒，樊浅忍不住出声："等等。"

四十多岁的刘警官看着站在警戒线外的女子，走过来奇怪地问："你是谁？想说什么？"

"你好，我叫樊浅，是一名法医。"她看刘警官有些将信将疑的神情，便说，"我只是想提醒一点，一个由于'保护装置失灵'而发生意外窒息死亡的女孩子，现场不可能没有一点保护措施。"

通常本意并非自杀的这种行为，会在缢绳下置有衬垫物，以减少疼痛或避免遗留痕迹。缢绳打结方式较为奇特，常被误认为是他人所为，但仔细检查可见缢绳捆扎较宽松，本人可以做到。

但现场，这些都没有。

季辞东找到樊浅的时候，发现她正蹲在犯罪现场，一副忘我的专业模样。

这让一路跑下来还找了她一大圈的季辞东狠松了一口气。

一旁的刘警官看到自出现就盯着樊浅不放的他奇怪地问："季警官，你怎么会在这儿？"再朝地上蹲着的人努努嘴，"女朋友啊？"

他没有承认但也没反驳，问："怎么回事？"

刘警官心下了然，看了地上的尸体一眼回答："唐小雨，半个小时以前刚被人发现的。还以为是意外死亡，多亏了樊浅。"说完还不忘恭维一句，"不愧是你季警官手底下出来的人，能力还真是不错。"

季辞东难得笑了一下。

这时正巧樊浅勘察完了现场，她站起身看到季辞东，整个人呆了一下然后才反应过来，上前问："去哪儿了？"

"找我了？"

"嗯。"如此实诚的反应让季辞东忍不住想伸手摸摸她的脑袋。不过,他忍住了。

他问她:"得出什么结论没有?"

樊浅点头:"可以肯定不是自杀或意外死亡,我需要进一步解剖。"

5

好好的一个扫黄行动愣是变成了谋杀。

上级领导都非常重视。

第二天,樊浅在验尸房泡了好几个小时,出来的时候发现已经过了下班时间了,整个大空间里一个人也没有,而会议室的门紧闭,想来是在开会。

她坐回位置上整理资料,连大门被人推开都没发觉。

曾云帆把带来的外卖放在一边,敲了敲她桌子的隔板。

樊浅抬头,笑:"怎么有空过来?"

他自顾自地把外卖一样一样摆在她的手边:"知道你又要开始忙了,肯定没吃饭吧?以前就老是这个坏习惯。现在离你近,正好给你送过来。"

樊浅也没客气,她一边打开食盒,一边盯着电脑文档问:"医院还顺利吗?"

曾云帆伸手够了一张纸,然后点点头:"下次带你去看看。"

季辞东一行人出来的时候就恰巧撞见了这一幕。

专心致志吃着东西的樊浅，一旁的男人深情款款，手里的纸巾做出正要给她擦嘴的动作。

俊男美女，画面浪漫美好缱绻动人。

但是除了樊浅这个当事人，办公室里所有活着的生物都感受到了来自阎王上司那森森的寒意。

两个男人对视的瞬间，心里在想什么只有自己知道。

最后还是樊浅慢半拍地发现会议已经结束了，她简单收拾了一下桌子。

曾云帆主动提出先离开，他说："小樊，明天开始我会来接你上下班，今天回家路上小心一点。"

樊浅正在想是不是师母又说了什么，站了很久的季辞东突然走过来平静地说："明天提前一个小时来，你那个一千米的计划再不达标，下次的案子你就不用去了。"

樊浅："……"

众人：老大够狠！

曾云帆都离开了老半天，季辞东依旧面无表情，也害得樊浅好几次差点儿说不下去尸检报告。

"唐小雨，女，二十岁，迪厅夜场女郎。死亡时间是昨天夜里两点左右。

"由于颈部受压迫和牵拉而刺激颈动脉窦、迷走神经及其分支，从而引起反射性心跳停止而死亡。体表与缢绳等器具接触的相应部位可见点片状擦伤、轻微皮下出血。

"我们有理由相信她是意外性窒息死亡。但根据现场痕迹来看，她的确是死于他杀。而且在现场发现了男人的精斑。"

有人问："那个遗留精斑的人肯定就是凶手！能查出来是谁吗？"

"能，但是需要时间，因为目前警察局的数据库里找不到相关的比对数据。"

……

简单的工作交接之后，大家都相继离开。

看着窗外那淅淅沥沥的小雨，樊浅决定再等半个小时。几分钟后，季辞东从里面的办公室里走了出来。

那道埋首在办公桌之间的纤细身影让他一顿。

"还没走？"他问。

樊浅指了指窗外表示自己没带伞。

季辞东想到自己办公室抽屉里的那两把伞说："我有，等我五分钟，一起走。"

出来时，他手里果然只拿了一把。

两人并肩站在楼下大门口，迎面雨帘如瀑，远处的街巷和车流都在雨雾里朦胧不清。季辞东撑开伞，放在了樊浅的头顶："走吧。"

地面湿滑，溅起的水流依然打湿了彼此的鞋袜。季辞东刻意放慢脚步，看着身侧低头沉默的身影，和她颈后那一小片细白的皮肤，突然觉得安宁惬意。

这时一辆面包车突然从旁边快速驶过，季辞东一把捞过身侧的人用背挡住飞溅起来的大片污水。

樊浅一愣，抬头看到了季辞东正沉沉地看着自己。

四目相对，樊浅心跳如雷。

季辞东非但没有放开搂住她肩膀的手，反而调换了两人的位置，像是什么都没发生一样继续往前走。

樊浅越发不太自在，回想近段时间，发现和季辞东的肢体接触越发频繁了。

他大概是在训练自己吧？毕竟他要求那么高的人。

想到这一点，樊浅就忽略了两人的姿势和他身体的温度，反而想到了开会之前他定给她的要求。

她仰起头："季辞东？"

"嗯。"

"你看……今天在下雨。"季辞东看着贴在自己胸前的人，她仰头的模样浅淡又迷离，眼神黑澈透亮。他先是有些疑惑，转念一想，骤然失笑。

笑得整个人都明亮起来，他问："就那么不想跑步？"

感受到面前的人点头的动作，他压下心头的悸动，搂着她肩膀的力度不自觉重了两分。

他深吸一口气告诉自己，对于她，不能太着急。

季辞东把人送到楼下,目送她上去之后才打算回家。

但下一秒,不远处树下站着的那个人让他停下了发动引擎的动作。同一天,因为同一个人,他们两次面对面。

这时的曾云帆和在樊浅面前的他有些不同。

这一刻的他不再温文尔雅、谦逊有礼,而是神色寂静疏离拒人千里。他并未看着季辞东很久,在发现楼上的灯光亮起来之后就撑着伞转身离开。

一步一步,隐身在黑夜的暮色里。

第四章

心 动 情 动
XINDONG QINGDONG

1

这场雨一下就持续了一个星期,温市气温骤降,呼呼刮起的大风有了些微瑟瑟的寒凉。

唐小雨的案子还在查,却一直没有找到突破口。

就在这天下午,上级突然调下来两个档案,是关于一周以前一家名叫人间天堂的酒吧发生的案子,都说是因为意外性窒息死亡。

一个还能是意外,但是一连串发生那就百分百不是意外了。

人间天堂的规模很大,坐落在人流中心的黄金地段,共上下五层。平时接待的人也是三六九等,上至达官显贵,下至地痞流氓。

出事的,都是人间天堂内部的服务人员,江思和梁菲菲。

两人和唐小雨一般大，分别在卫生间和杂物间里被人发现，两人之间的死亡间隔不超过两个小时，死因也是窒息。

樊浅在勘测现场的时候，正巧听见人间天堂的老板苗彩姗正和季辞东交涉。

那是一个三十岁左右的女人，身材面容姣好，穿着大胆暴露。从言谈中可以看出是个长袖善舞八面玲珑的人，不然也不可能撑起人间天堂这么大的地方。

两个妙龄女子同时被害，导致她这里的生意大不如前。

她说："江思和梁菲菲都是去年刚来的新人，因为长得特别漂亮，为我这里招揽了不少生意。"

至于唐小雨，她说她并不认识。

樊浅插进话："她们是因为家庭条件或者一些其他方面的原因才到你这儿工作的吗？"

苗彩姗说："不是特别清楚，她们都是生意场的朋友介绍过来的。"

……

季辞东和樊浅相视的时候，传达了同样的一个信息。

苗彩姗，她在说谎。

现场并没有可疑的指纹和打斗挣扎的痕迹，门锁也未被撬开，和唐小雨那个一般无二。只是为了伪装成意外性窒息，凶器分别换成了一条毛巾和一个塑料袋。

所以调查组决定将唐小雨和这两起案件并案调查。

办公室里。

季辞东推开玻璃门就看见了目不转睛盯着小黑板上分析记录的樊浅。

她微卷的秀发在昏黄灯光下显得柔和又温顺，右手托着下巴，认真且专注的模样挠得季辞东的心微微一动。

他走到她旁边的凳子上坐下："说说看。"

樊浅转头看了他一眼："你还记不记得我们上次在迪厅，楼道口里撞见的那几个人他们说了什么？"

季辞东点头，当时他们提到了"验货""苗姐"等字眼。

樊浅从椅子上站起来，拿着笔走到黑板前开始画："我们不敢确定苗彩姗就是这几个人嘴里的苗姐，但是他们交易的确实是一些年轻漂亮的女孩子。唐小雨是在迪厅出的事，而后就是人间天堂的江思和梁菲菲，凶手还很可能是同一个人。再来苗彩姗说她们是生意场的朋友介绍来的，就人间天堂这种地方，以苗彩姗谨慎的性格是不可能让一个背景不透彻的人进入。所以，关于她不了解被害人的背景，甚至不认识唐小雨，都有可能是在说谎。"

她分析了一遍之后就看着季辞东。

后者鼓励性地笑了："不错，有长进。"说完还不忘提醒她，"苗彩姗目前只是怀疑对象，她除了说谎并没有杀人动机。"

没错，苗彩姗没有杀人动机，那万一是跟她有关的男人呢？

历时一周，关于唐小雨案发现场遗留的精斑，鉴证科竟然从数据库找出了嫌疑人的资料，没想到竟是个有案底的。

年副刚，四十三岁。

建兴上市集团的老总，资产上亿。不仅生意做得很大，玩得也比较开，在某些方面甚至有些特殊癖好。这在他们那个圈子里并不是什么秘密，还有不少人为了合作经常投其所好。

云尚贸易就是其中之一，好巧不巧，正是冯秀芸所在的那个公司。

根据调查发现，两家公司有非常多的业务往来。

在石头拿着搜查令去找年副刚的时候，樊浅和季辞东去了云尚贸易。

冯秀芸的办公室里。

秘书倒了两杯茶放在茶几上，樊浅拿着笔记本开始提问。

"冯小姐，请问你对年副刚这个人的了解有多少？"半天没有得到回答，她抬起头才发现冯秀芸正望着在书架下面站了老半天的季辞东愣神。

下一秒，冯秀芸突然说："记得吗？那还是你在美国上大学的时候送给我的。"

樊浅顺着她的视线看过去，果然发现了架子顶上那套真人模拟的塑像，惟妙惟肖。

保存得极其完好，更能看出主人的珍视。

季辞东回过头，先是看了樊浅一眼才回答道："毕业礼物，作为朋友我应该做的。"

樊浅心下一跳，她一开始还以为季辞东让她问话，是因为忌讳两人的恋人关系呢。

冯秀芸笑得勉强和苦涩："辞东，你还真是……"

樊浅犹豫着，最后还是选择打断她："冯小姐，我们例行询问，你作为市场部的负责人，希望你能提供一些对案件有利的信息。"

冯秀芸收回视线，看着樊浅的眼神意味不明。似羡慕，又似无可奈何。

根据冯秀芸的说法，年副刚这个人非常有商业头脑，他们之间的合作，除了必要的业务联系并没有交集，但知道年副刚的确是人间天堂的常客。她甚至亲眼见过，他曾经把那里的一位小姐直接虐打进了医院。

有研究表明，性变态行为与联想性行为学习有关。通常它与患者儿童时期所遭受的虐待经历有关。

这年副刚的人生，那还真是用劣迹斑斑不足以形容。

石头看着资料说："年副刚十五岁逃家，偷窃抢夺什么都干过，蹲过牢，在香港度过了最混乱的八九十年代，以付出两根手指的代价活着回到了大陆。人到中年，反而凭借着不怕死的狠劲一手创立了建兴集团。"

他越说越激动:"你说这年副刚这经历都可以写上一部奋斗史了,走上人生巅峰的经典案例啊。"

樊浅难得不赞同地看了石头一眼:"你该重塑一下你的三观。"

石头摸了摸鼻子,心说,果然在老大身边就是不一样,瞧这嘴毒的!他不就开了个玩笑嘛。

审讯室里,季辞东亲自上阵。

面前的年副刚果然一副大佬做派,身形健壮,披着黑色大衣,靠坐在椅子上一副闭目养神的姿态。

季辞东拿着资料。

"年副刚,建兴集团老总。三岁时父亲离世,母亲在一家名叫红园的……"

"季警官……"年副刚不紧不慢地打断他,"我是来协助调查,不是来听你挖我家老底的,如果你有疑虑,可以联系我的律师。"

季辞东看他摩挲着左手绿扳指的动作,大度一笑:"那行,既然年总不喜欢,我们换个话题。"话锋一转,"不知道你对唐小雨的凶案现场检测到你精斑这一点作何解释?还有江思和梁菲菲,你可是她们的常客。"

年副刚无所谓地笑笑:"和我有关系的女人多了去了,指不定还有几个流落民间的私生子也不一定。这要谁都拿着这一点来指控我杀人,恐怕我年副刚早就不知死了多少回了。"

……

出了审讯室。

樊浅问:"怎么样?"

"不是他。"季辞东得出了这样肯定的结论,"这个人的确是非常狂傲的人,但以他的做派完全没必要杀了人之后再伪装成意外死亡的假象。看似所有矛头都指向一个地方的时候,那往往并不是真相。"

樊浅瞬间就懂了。

对于年副刚,他不是不会杀人,而是不屑以这样的方式杀人。

接着,季辞东就转头吩咐石头:"盯着他,就算他没有杀人,但必然和这个案子脱不了关系。"

"是!"

二十四小时后,年副刚被释放。

石头发现,出了警局的他既没有回那栋养着情妇的别墅或是自己家,也没有回公司,而是直奔人间天堂而去。

这一点也证明,他绝不是人间天堂的常客那么简单。

就在这个时候,鉴证科那边传来消息,唐小雨、梁菲菲等三人尸检之后唯一的共通点,就是她们体内都出现了大量同类型的致幻类毒品成分。

死于同样的作案手法,而且都是长期和毒品接触的体质。

目前最大的疑团就是,她们是主动接触了毒品,还是被人强制进行,从而被迫进行身体交易?

这背后牵涉到底有多广,他们还需要暗中探查。

经过一致的商量决定,他们要找个人乔装进入人间天堂打探一下情况。环视整个调查组,参与这个案子的除了樊浅,就是清一色的大老爷们儿。

樊浅自告奋勇:"就我吧,反正年副刚也没见过我。"

"不行!"季辞东第一个发出反对,他严肃地看着樊浅说,"不说年副刚认不认识你,单就人间天堂的老板苗彩姗就见过你,还有你的身体状况,你能胜任?"

樊浅被说得一愣,看着季辞东不容置喙的神情她心下一动,不免想到了十几个小时之前在审讯室外,因为年副刚而谈及男女关系时,石头那句大惊小怪的问话——你不会不知道自己喜欢老大吧?

她喜欢他吗?在某些方面她确实一向迟钝,也从不会设想。

她看着季辞东愣了好久,看着他熟悉的眉眼,感受到自己异常跳动的心脏。

她好像,是真的……

现在不是想这些的时候,樊浅让自己收回思绪,看着季辞东说:"我会小心一点,尽量不被苗彩姗发现。至于肢体接触……"她说着把手覆在了季辞东放在桌上的手背上,"你看,没有问题。"

季辞东感受到手上柔软清凉的触感,先是顿了两秒,然后说:"那是我,换作别人你未必能做到,我能放心把你一个人放到年副刚那种人面前?"

樊浅因为他的话一下子就怔住了。

· 081 ·

众人："……"这狗虐得，没有一点点防备。

总之，最后樊浅还是接下了这个任务。

晚上十二点，万籁俱寂，整个温市笼罩在星空下露出即将沉睡的慵懒模样，而真正属于部分人性主宰者来说，他们的生活，刚刚醒来。

夜色下，樊浅一身镂空的露背装，包臀的设计完美展示出了她笔直的大长腿。她本来皮肤就白，这在月色下越发让人生出迷离朦胧的绝色美感。

有同事感叹："早就知道这樊法医是个美女，这一打扮，清冷气质里又多了丝性感，真是……"

那同事还没说完就被石头一巴掌拍在脑袋上："闭嘴！"没看见老大的眉头都皱起来了吗？

季辞东微微侧身，挡住了所有看向樊浅的视线。他拧紧眉头："怎么选这件衣服？"

樊浅不太自在地扯了扯裙摆，语气里也有些无奈："这已经是布料最多的一件了。"

季辞东从车座上取来外套披在她的肩膀上。

"等会儿进去的时候自己小心一点。"他边说边确认了一下樊浅耳朵里提前放进去的通讯内置耳机，"记住，不要和年副刚发生正面冲突，这个人不是你能对付得了的。"

樊浅点点头，不知是不是她的错觉，季辞东的手指有意无意地摩挲过她的耳垂。

樊浅悄悄红了耳朵。

2

人间天堂的正厅里。

虽然出了这么大的命案,可这里不但没有关门,人流也并没有苗彩姗所说的流失多少。

樊浅踩着高跟鞋进入的那一瞬间,十几双眼睛齐刷刷地往她身上瞟。她旁若无人地走到吧台,点了一杯鸡尾酒。

耳机里传来季辞东的声音,低沉中略带沙哑:"注意观察周围,一旦发生不可控的情况及时呼救明白吗?"

樊浅"嗯"了一声。

前后不过十几分钟的时间,她的身边就来了好几只苍蝇。无非就是搭讪求喝酒的,要电话的,甚至还有想乘机揩油的。

某男 A 问:"小姐,介不介意喝一杯?"

耳机里的季辞东:"介意。"

樊浅:"介意。"

某男 B 问:"美女,一个人啊?"

季辞东:"我男朋友去停车了。"

樊浅:"我男朋友去停车了。"

……

酒吧外面,车里的所有人看着老大一个人对着耳机自说自话,一句话比一句话淡定，却让车里的几个人大气儿都不敢喘。

直到坐在后排抱着电脑的石头说了一句："出现了。"

樊浅捏着高脚杯的手指一僵，按着他指示的方向瞟过去，果然在右后方十几米远的卡座角落里看见了年副刚的身影，而他身边站着的正是人间天堂的女老板苗彩姗。

樊浅打发了身边的男人，拿着酒杯往那个方向走过去。

他们似乎发生了争执，相互推搡着。樊浅装作不经意地走近，在距离两人五米远的地方背对着坐了下来。她听见苗彩姗的声音："这里是大堂！你非得在这里说？"

"苗彩姗，你别忘了……"年副刚刻意放缓语气，说到后面压低了声音。樊浅心下着急，却在下一刻看见苗彩姗经过自己的身边后上了楼，脸色非常难看。

她正思索着下一步行动，面前的桌子上却多了一顶黑色帽子。

"第一次来？"是年副刚。

樊浅手心冒汗，嘴角微微上扬："不是，倒是先生看着有些面生。"

年副刚哈哈笑了两声，露出久经商场的一贯手段："酒吧老板是我朋友，不瞒你说，我很欣赏你这样的姑娘，不做作。怎么样？有没有兴趣到二楼喝一杯？"

相对那些一上来就很直白的男人，年副刚的确是一个很懂得发挥自己优势的男人。

目标明确，却不会让人反感。

樊浅举了举手里的杯子："荣幸之至。"

"樊姐，你想个办法甩掉年副刚。搜查令还没有下来，但三楼是唯一外部人员不让靠近的区域。如果他们真的利用毒品控制一些少女进行身体交易，那三楼或许会找到突破口。"樊浅一边听着耳机里石头的声音，一边跟着年副刚在二楼的走廊里转了好几转。

终于，他们停在了一个房门口。

房间设计很简洁，年副刚倒了两杯酒放在桌子上便提出先去洗个澡。

樊浅拿出了事先准备的迷药。

披着浴巾出来的年副刚二话没说就把放了佐料的那杯红酒一饮而尽，在试着靠近樊浅的时候昏昏沉沉地倒在了雪白的床单上。

"成了。"樊浅报告了一声，就拉开房门往三楼靠近。

耳机里再也没有听到过季辞东的声音，连石头都没有回复。她有一种非常怪异的感受，事情太过顺利了，顺利得让人心慌。

她一步一步地靠近三楼。

长长幽静的长廊，浅紫又带着玫红的灯光。樊浅踩在铺着地毯的走廊里，安静得连自己的脚步声都听不见。

整层楼的房间太多，逐个查看不仅浪费时间还容易被发现。樊浅凝神听了一阵，耳机里杂乱的吱吱声在此刻越发显得诡异起来。

她小心翼翼地转过弯。

终于，她发现了长廊尽头处一扇虚掩的房门，里面传来翻找和物体碰撞的声音。

是苗彩姗。

她刚把手放在门把上，下一秒腰间就出现了冰凉尖锐的触感。

"呵呵，胆子不小，就是演技差了点儿。"

果然，年副刚从一开始就是在陪她演戏。

他说："你知道我为什么讨厌警察吗？事儿多还没能力。你说这到底是什么样无能的人，才会把你这么美丽脆弱的姑娘推出来送死呢？"

樊浅狠狠地皱起了眉。

她非常讨厌年副刚身上的气息，胃和皮肤都在疯狂地叫嚣着她的反感和不适应。还有那把抵在腰间冰冷的匕首，让她无法动弹却更加忍受不了坐以待毙。

高跟鞋的细跟毫不犹豫地踩在男人的脚尖上，在他吃痛的瞬间一个手肘狠狠打在男人眼睛的位置。

她终于得以挣脱钳制，往事先说好有人接应的地方跑去。

这些招式都是季辞东教的，对付一般流氓混混还是有用。但对方是年副刚，一个不择手段，混过阴沟暗巷的家伙。

樊浅不过跑出十几米远，就被抓住了。

年副刚揪住了她的头发，随手推开走廊的一个房间把她扔了进去。他没有开灯，直接一脚踩在了樊浅的脚背上。

强力的碾压致使樊浅闷哼一声，就听年副刚说："我很多年没在女人手里吃过亏了,最近倒好,一个两个都来找晦气!"

樊浅借着窗外的月光,看清了年副刚那一刻眼底的阴狠。

她心下一沉,知道今晚的行动算是彻底失败了。

年副刚蹲了下来,他手里的匕首在樊浅的脸上轻轻滑过,说出的话却是兴奋中带着压抑:"你知道在我手上经过的男女最后都是什么下场吗?他们漂亮的脸蛋苍白得如同瓷娃娃,送进医院时身体却破败不堪……不过,你大可以放心,你这么漂亮,最后怎么都不会是死在我的手里。"

"年副刚,我会等着你被法律制裁的那一天。"樊浅这句话刚出口,年副刚就一巴掌扇在了她的脸上。

樊浅的头偏向一边,下一秒嘴里就尝到了血腥味,她知道自己的嘴角破了。

突然有些后悔没听季辞东的话。她要真是坚持训练,此刻也必然不是这般手无寸铁任人宰割的状态。

她刚擦过嘴角的血迹,就听见了房门被敲响的声音。

此时距离樊浅上来过去了十分钟不到,他们的动静并不小,想来是惊动了苗彩姗。年副刚大概也是猜到了,一脸不耐烦地站起身。

房门"咔嚓"一声,还没打开的时候一个身影就猛地推开门蹿了进来。

年副刚整个人被飞踢了出去,"哐当"一声砸在床边的梳妆台上。

是季辞东。

尽管没有开灯,他还戴着鸭舌帽,但樊浅还是在他出现的第一瞬间便认出了他。

他看了樊浅一眼,弯腰打横把她抱了起来。

就在这时,挣扎着爬起来的年副刚却突然持着匕首冲了过来。

樊浅大叫:"小心,他有刀!"

结果年副刚的目标根本不是季辞东,而是他怀里的樊浅。

闪避已然来不及,季辞东一个侧身直接挡了一刀。

樊浅明显感觉到他的动作一滞,慌乱中连忙喊:"先放我下来!"

"别动。"仅仅是这嘶哑低沉的两个字,樊浅就知道再多的话也进不了他的耳朵,而且他此刻的心情,处在一种非常暴躁的状态里。

季辞东就那样抱着她,一脚再次把年副刚踢翻在地,还朝着年副刚的脖颈补了一脚直接让年副刚晕了过去。

推开房门,他带着她一步一步走出这个地方。

石头他们打掩护,一行人终于顺利回到了车上。

樊浅刚坐定,对着开车的人说:"去医院,季辞东受伤了。"

石头大惊:"老大,你受伤了啊?快快快,上医院。"

"不用,一点小伤。"季辞东无所谓地脱下了外衣,露出了带血的胳膊,周边黑色的T恤已经被血侵染,露出了手指长的伤口。

樊浅内心一紧："你这个伤口需要缝针。"

没有听到季辞东再次反驳的声音，樊浅抬起头，发现他正看着她的脸出神。

石头也发现了她嘴角的伤，连忙说："樊姐，都是我的错。你被年副刚带进去的时候我才发现他们里面装了干扰器，这年副刚大概一早就有了防备，故意带着你在二楼绕了好久，也给我们的搜救增加了困难，对不起。"他都没敢跟樊浅提，老大当时的脸色有多难看。

樊浅摇头表示自己没事。

一旁的季辞东却突然开口说："走吧，上医院。"

医院里。

已经是半夜两点，除了值班室里睡眼蒙眬的一两个护士之外，连走廊刺白的灯光都比平日里暗淡了好几分。

樊浅坐在外面的椅子上，听着两个小护士激动地讨论着刚刚胳膊受伤的那个男人有多帅，缝了十三针都不带打麻药的。她有些困顿地眨眨眼，拿开了敷在脸上的冰袋。

不到半分钟，冰凉的触感再次回到脸上。

樊浅侧过头："完了吗？没事吧？"

季辞东没回答她，自顾自地拿起椅子上的冰袋放到她脸上，力度比想象中要轻。

樊浅想到他受伤的胳膊便接过了他的动作，突然想到了什么说:"抱歉,我不仅没有第一时间察觉出不对,反而还连累了你受伤。"

季辞东没说话,从她突然断了联系的那一刻起他就知道,她的人身安全比任何线索都要重要。

恰巧这个时候办完手续的另外几个人一起走了过来。

石头说:"老大办好了,接下来怎么办?"

季辞东看了身侧的樊浅一眼,对着他们说:"今天很晚了,也不好打车。所有人先到我那里将就一晚上,明天一早再做打算。"

樊浅在礼貌拒绝无果的情况下,就这样稀里糊涂地跟着去了季辞东的住处。

一室一厅的单身公寓,装修非常简洁,环境也整洁干净。这和樊浅想象中的季辞东的居所差不多,但又更具体和真实。

石头他们叫了一家大排档的外卖,堆了客厅满满的一大桌子。

趁他们吃东西的时候,季辞东领着樊浅去了卧室。

站在季辞东卧室门口的时候,樊浅才生出了前所未有的尴尬情绪。今天的事情太多,应付了年副刚,她的身心都处在一种极度疲倦的状态下。

他的卧室黑白为主,除了衣柜桌子和床几乎没有其他东西,反而是整个空间都是季辞东的气息。

她退了两步:"那个……我……我睡客厅好了。"

季辞东拉住了她的胳膊,把她拽到床沿上坐下之后才说了一句:

"客厅？想都不要想。先坐着，不要动。"他说完这句话就推开门出去了。他回来的时候手里拿着一瓶东西和一袋棉签，蹲在了她的面前。

樊浅："……"

"把鞋脱了。"他说。

樊浅怔了几秒，心说自己都极力掩饰了，他怎么知道她脚上有伤的？

在季辞东的注视下，樊浅缓缓脱下了那双宝蓝色的高跟鞋。

年副刚那一脚用了全力，致使她雪白的脚踝上呈现了大片青紫，隐隐有些渗血的迹象。

季辞东许久都没有动作。

樊浅缩了缩自己的脚。

"别动！"沙哑的声音一出，他才发现自己的情绪有些异样，他看着坐在床边的樊浅，既生气又有些无奈，"我要是没发现，你打算怎么处理，就这样忍着？"

"没事，一点小伤，我可以自己处理。"

季辞东手上青筋暴起，他知道她绝对会因为肢体接触障碍而隐瞒身上的伤，但真正看到的时候，他高估了自己的忍耐力。

明明想狠狠数落她一顿，但看她的样子更多的是自责。

他放轻自己手上的力道，为她处理完了伤处。

"除了脚，还有没有哪里有伤？"他仰起头问她。

樊浅摇了摇头。

今晚的季辞东格外好脾气，明明只是处理了一下伤口，她却感觉脚踝处被他触碰的皮肤不断发热。外面石头他们还在热火朝天地聊，让樊浅连夺门而出都做不到。

静逸的空间里，她低着头说："季辞东，我想……"

"打消你的念头。"季辞东边收拾东西边打断她，"今天你需要好好休息，我们都在外面，明天一早我再送你回去。"

他承认自己有私心。

要不是担心她受伤又不肯说，要不是害怕她尴尬得连来都不肯来。就外面石头那几个老爷们儿，就是睡在大街上，他也不会把一群人往家里带。

但这些，今天都不适合告诉她。

樊浅的手捏了捏床单，这点伤对她来说并非什么大事，但季辞东强硬的态度还是让她不得不妥协。

他提醒她："卫生间就在卧室外面，你要有什么问题可以叫我。"

樊浅看着他难得啰唆的样子，不太放心地看了他胳膊一眼："你的手……"

"没事。"

说完之后，他打开房门准备出去，樊浅叫住他。

"谢谢。"她看着他的眼睛说得很认真。

季辞东转动门把手的动作停了下来，纯白灯光下的她恢复了一贯的清浅,眼神专注又诚恳。身上的衣服还是那件镂空的露背装,脸上带着伤,神色是少有的疲惫模样。

季辞东向来是行动和准则的代名词,认定的目标下手又快又狠。

唯独对着樊浅,显露出了他绝对的包容性和耐心。

他不断告诉自己,不能吓到她,不能吓到她。但看了她许久,他还是走上前,他带着薄茧的指腹擦过她受伤的脸颊,倾身低头,一个淡淡的吻落在她光洁的额头。

"好好睡。"

他的动作和那缓慢低沉的三个字震得樊浅久久回不过神。

她真的能好好睡吗?显然不能。

被子上全是季辞东的气息,存在感太强导致樊浅只要一闭上眼就想起额头的那个吻。他是喜欢自己的吧,樊浅想。

而此时客厅的几个人也都没有要睡觉的迹象。

季辞东一出来就有人问:"嫂子怎么样?没事吧?"

这个私下里的称呼季辞东算是默认了,他接过其中一人递来的一根烟,点上之后吸了一口说:"没事,睡下了。"

本来都已经戒烟了,今晚他却没打算控制自己。

石头说:"年副刚太狡猾了,不是一个好对付的人,唐小雨那三个女孩子的事情他撇得倒是一干二净,就算他没杀人也不是什么好鸟。"

此刻的季辞东才放任自己半躺在沙发上,眉宇间露出了一丝狠厉。他说:"抓住他不过是迟早的事儿。"

在场的人后背一凉,就他那把人护得那么紧的架势,年副刚的安宁日子怕是到头了!

3

樊浅醒来的时候已经日上三竿。

窗外的阳光透过玻璃洒满了房间的每个角落,她回想了许久才想起来自己身在何方,瞬间清醒过来。

她走出房门刚好撞见提着早餐回来的季辞东。

他显然刚运动过,连套的灰色运动装束,额前的黑发被汗水打湿,汗珠顺着额角滑至喉结的样子简直荷尔蒙爆棚。看到她,他说:"起来了,过来吃饭。"

樊浅一想到昨晚的画面尴尬到不行,没话找话:"其他人呢?"

季辞东把早餐摆在桌子上,从厨房拿来碗筷:"走了。"路过她身边的时候顺带看了一眼她穿着拖鞋的双脚。

他的鞋子对她来说明显太大,却也刚好不用碰到伤处。看着她站在客厅中央的样子,季辞东心情大好,突然觉得他这过分男性化的空间里以后多了个樊浅的存在,感觉应该还不赖。

早餐吃到一半,樊浅突然想起了昨天看到的一幕。

"苗彩姗也吸毒。"她突然冒了这么一句。当时的房门确实虚掩着,但她还是看清了苗彩姗慌乱地从抽屉里拿出针管,扎进了自己的胳膊。

无论从神态还是肢体，樊浅都敢保证自己没有判断错。而且，苗彩姗要不是毒瘾发作，就她和年副刚的动静必然会引起苗彩姗的注意。

对面的季辞东丝毫没有惊讶的样子，替樊浅舀了一碗白粥放到她面前才说："不止她吸毒，整个人间天堂酒吧极有可能就是一个毒品运输中心。"

看她一脸不解，季辞东继续说："知道上次为什么去唐小雨出事的那家迪厅吗？"

樊浅摇头。

"为了找一个代号为幽灵的人。"

撞破唐小雨被杀纯属意外，当时真正的目的是探查一起跨境贩毒案。这个案子他们已经连续跟踪了好几个月，差不多在扫黄行动前半个月左右，警方截获了一批毒品，顺藤摸瓜找到了一条毒品运输线。

这条线上有一个关键人物，就是幽灵。

这个幽灵的存在据说相当神秘，他并不属于任何一个头目或者组织名下，主要负责情报传递和毒品供应。

在近两年这类的地下贩毒案里，活跃度非常高。

迪厅只是一个非常小的突破口，就在昨晚，樊浅那边的联系突然中断，季辞东瞬间明白过来，整个人间天堂都不是一个酒吧那么简单。

季辞东说:"首先是唐小雨的死,她原本的结果本该是在有些人的故意操纵下判定为性窒息意外死亡,就跟江思和梁菲菲那样神不知鬼不觉,结果被你现场撞破了。

"根据我们得到的消息,迪厅跟人间天堂一直存在着某些情色交易。而现在这条交易线上死了三个人,而且都有毒瘾。

"不论是自愿还是被迫,她们的死因和背后为了隐藏的目的显然是一样的。迪厅是毒品运输的一个小窝点这毋庸置疑,而现在,人命,毒品,所有支线直指人间天堂。这里极可能是这条毒品交易路线其中的一个中转站。而唐小雨等三条人命的真相,也必然需要从这里寻找答案。"

吃完早餐后,季辞东开车送樊浅回家。

到楼下的时候,他们一眼就看到了等在路边的曾云帆。他手里拎着好几个袋子,看到从季辞东车上下来的樊浅,再瞟到她受伤的脸和脚之后难得黑了脸。

"怎么回事?"他皱着眉问。

樊浅笑:"被狗咬了。"说完还对着曾云帆警告了一声,"不许告诉老师他们啊,不然又要被念了。"

曾云帆无奈之下缓和了神色:"你还知道怕被念啊。"

停好车过来的季辞东对着曾云帆伸出手:"你好,季辞东。"

"曾云帆。"两个大男人早已不是第一次见,却是第一次如此郑重地互相介绍。在各自的领域里他们都是顶尖,君子较量,客套又疏离。

季辞东把手里的药递给樊浅,手在她的头上揉了两下说:"自己在家休息两天,暂时不用来上班。"

他都离去许久,曾云帆还没有回过神。

季辞东居然可以靠近樊浅,而且是在她完全不排斥的情况下。这是他十年都没能做到的事情,现在有人做到了。

他问一旁自顾自掏钥匙的樊浅:"喜欢他?"

"嗯?"樊浅先是蒙了一下,反应过来曾云帆问的是什么之后,郑重其事地思索了半分钟左右,红着脸点了点头,"目前来看,似乎是的。"

这就是她的态度,喜欢了就是喜欢了。至于季辞东的想法,那是他的事情,与她喜欢他这个人并不冲突。

曾云帆把买来的几袋东西全部放进冰箱,自觉地进了厨房。

他的厨艺并不比师母差,作为一个医生,光是看他修长的手指在案板上切菜都是一种视觉享受。

樊浅斜靠在厨房的房门上,有一搭没一搭地和他聊。

曾云帆突然想起了什么:"记得杜伯萧吗?"

那个接手欧坤案件的律师?他们也就见过两次而已。樊浅问:"记得,你认识?"

曾云帆就着手里的筷子敲上了她的脑袋:"你上学的时候都干

吗去了，他每年都受邀去我们学校演讲，你那个大学室友当时不是还天天嚷着要追他？"

樊浅思索许久，对这个人的印象依然停留在初次见面的警局里。他戴着金边眼镜，斯文内敛的样子。

曾云帆提醒她："前不久一场交流会上我遇见杜伯萧了，说起欧坤和申子雄的案子，连他这样的局外人都觉得事情不简单。你自己要小心一点，不要再像这次一样莽莽撞撞的。"

据说杜伯萧确实就当时对欧坤自杀这一点充满了怀疑，事后也多方取证，到最后还是因证据不足以自杀落了案。

樊浅朝曾云帆点头，表示自己会小心一点。

她想起了之前两起案子同时出现的神秘人，想到了申子雄依然没有结论的死亡结果，想起了那间被人刻意打造的回忆暗房。她和季辞东的一种预感在这里不谋而合。

他还会出现的。

或者说，他从来都不曾离开。

太阳再次升起时，温市被笼罩在一片橘黄的光晕里。黑夜一旦过去，有些真相事实将不会是秘密，有些记忆和命运将再次重启。

办公室里。

因为三起命案，现在又牵涉毒品，所有人都忙得脚不沾地，樊浅接过新出的尸检报告结果，问石头："季辞东呢？"

"老大去人间天堂那边逮人了。"

樊浅猜他大概是把自己送回去之后就去了那里，本来她就霸占了他的床，这样算下来，他已经一天两夜没有合眼了。

人间天堂牵涉到跨境毒品交易只是推断，在不打草惊蛇的情况下搜查证据，目前唯一的切入点就是唐小雨三人的命案。

只要弄清楚三人背后的死因，这会是一个很大的突破口。

苗彩姗被带回的时候，樊浅恰巧在。

不愧是久经风月场的女人，都坐到警局里了依然面不改色。她说："警官，我真的不知道你在说什么啊，我的地方出了人命，不该是我找你们警方要说法吗？你们现在什么意思，说我杀人，别搞笑了！"

和年副刚真是一路货色。

季辞东不慌不忙地翻开面前的笔记本："根据调查记录，唐小雨死亡当天你确实是去了迪厅的，而且打着的名义还是搜罗一批新人。我没说错吧？"

"这又能说明什么？"

"根据监控录像显示，你离开迪厅的时间是在唐小雨死亡之后。同时，三个女孩子的尸检结果都表示，死亡前，她们都注射了同一种毒品。而这种提纯度如此高的毒品，除了你人间天堂别无他家。"说完，他就扔了一袋样品在桌上。

苗彩姗嗤笑了一声："你们警察就是这么断案的，酒吧是什么地方？有人非法携带毒品难道就是我苗彩姗的问题，再说，江思和梁菲菲被人用毒品控制我根本不知情。"

季辞东笑了："我有说她们是被强制进行了注射？"

苗彩姗脸色一变，季辞东点了点自己胳膊的位置："作为一个本身吸毒，还私用毒品控制手底下的人，你最清楚她们怎么在神志不清的情况下死得不留痕迹吧？说吧，杀了她们的目的是什么？"

……

这眼看都僵持了大半天，苗彩姗在意识到自己处于劣势之后开始沉默。审讯的人换了好几个，一个字也没有从她嘴里撬开，双方都处在一种非常疲倦但又咬牙坚持的临界点上。

樊浅把叫来的外卖分发下去，提着其中一盒拿给了季辞东。

他仰躺在椅子上，眉宇间露出丝丝倦色。樊浅把外卖盒放在他的右手边，拿起一旁的外套搭在他的身上。

他被她的动作惊醒，睁开的双眸里有点点红血丝。看到是她，他一把拉着她坐到身边的位置上，问："不是让你休息两天吗？脚没事吧？"

樊浅摇头。

确认了自己喜欢他这一点后，反而让她少了很多顾及，有些心疼和关心表现得极其自然。她说："你再睡会儿吧，石头他们估计一时半会儿也问不出结果。"

他拿开身上的外套："不用了。"说完就站了起来问刚进来的同事，"年副刚带来没有？"

"来了。"

两间独立分开的审讯室里。

季辞东面对年副刚:"她认罪了。"

这个"她"自然指的是苗彩姗,年副刚听到这句话的第一反应是,沉默。不过短短几秒之后就笑了,他扬了扬眉:"苗老板吗?真是意外。"

季辞东也笑:"听说两位是朋友,你又是人间天堂的常客,不知年总对苗彩姗参与毒品走私了解多少?"

"我不是很清楚。"

……

苗彩姗杀人案已成事实,但她始终不肯松口说出背后真相的原因,那就是有个比她杀人更无法让她承受的代价在等着她。

而年副刚的回答就成了关键。

季辞东从审讯室出来之后,就召集所有人开会。

樊浅给他倒了一杯水,听他说:"年副刚的确非常谨慎,回答的问题基本都没有什么可以抓住的漏洞。但也正是因为他太小心,反而就显得刻意。试想一个被相熟的人诬陷成杀人犯,得知真相的第一反应是什么?"

石头打了个响指:"愤怒。"

"没错,就是愤怒。但是年副刚的反应是疑惑,这一点和他的性格行为并不相符,或者说他的愤怒已经发生过了,这也就意味着他是知道苗彩姗杀人的事实的。

"他知道，却在警方怀疑自己时没有说出实情这是其一。

"其二，我问他的是毒品走私，而不是杀人案。他的回答很明确，不清楚。这么跳跃的问题，他的反应应该是疑惑、震惊，而不是模糊不定。"

现在再说他和整件事情没关系，还会有人信吗？

……

季辞东让石头盯紧年副刚。

从公司、家庭各个方面着手，势必要挖出苗彩姗的杀人动机，以及年副刚在这其中究竟扮演了什么角色。

不知不觉，一天很快就过去了。

季辞东开车送的樊浅，说是要送她回家，结果车子在半路拐了个弯儿。

"去哪儿？"她问。

季辞东回答："吃饭。"

直到眼前那条热闹非凡的小吃街出现在眼前的时候，樊浅不得不接受这个现实。

他似乎总喜欢把她往人多的地方带，说是感受人群的烟火气，实际上……

樊浅不自在地扭了两下，腰间的那只手搂得很紧。他带着她挤在人流里，半拥的姿势的确避免了很多陌生的接触。

直到他们停在一个小吃摊前。

小锅里滚烫的油刺啦刺啦地响,烤肉和油炸的香气勾得人垂涎欲滴。樊浅兴致一下子高涨,指着摊子上的东西对季辞东说:"我要这个、这个,还有这个……"

季辞东两手插在裤兜里,看着樊浅勾起嘴角。对自己半路把人拐来吃饭的这个决定,他自认为做得还不错。

其实他还是发现了樊浅的一些小变化的。

吃个饭有意无意地往自己身上瞟,视线被逮住了也不闪躲,带水的双眸直勾勾地看着他。季辞东心下了然。

这丫头似乎是开窍了。

她低着头,用手将脸颊的碎发捋至耳后,吃东西小口小口地,像一只猫。

季辞东不自觉地展开了眉,心说,不枉他执着低调地进行渗透战略这么久。

把人送到楼下的时候刚好晚上十点。

樊浅下车的时候犹豫了一下,她看着季辞东冒出青色胡楂的下巴和有些皱巴巴的外套,想着他一天两夜没有睡觉还带着她吃东西。

她说:"我到了……那个你快回去睡觉吧。"

"樊浅。"都走出好几米远了,季辞东叫住她。

"嗯?"她回过头,看到他靠在车窗上,朦胧路灯下的神色倦怠又温暖，他似乎打算说什么，最后笑着挥手，"没事，上去吧，明天不要迟到。"

温水煮青蛙，要想让她退无可退，他直觉可以再等等。

4

苗彩姗杀人案一度几乎失控，她背后有一个非常强大的律师团，加上她极度不肯配合，而案子也需要进一步进行侦查，这让警局这边变得非常被动。

按理说拒不认罪是不能取保候审的，但苗彩姗那边抓住他们证据不足这一点不放。

石头气得在办公室里团团转："老大，再过二十四小时我们拿不到明确的证据，这个身上背负三条人命还买卖毒品的女人就要出警局大门了！"

季辞东倒是一如既往的淡定："等着。"

中午的时候，他们不仅等来了最新的消息，还等来了一个意料之外的人。

律师杜伯萧，前不久刚因欧坤的案子见过面。

因为上次曾云帆的缘故，樊浅想着自己或许该称呼对方一声教授或老师。他年纪不大，也就刚刚三十九岁而已。看见樊浅，他也是笑得一脸随和："我也是听云帆提起，才知道小樊你居然是何洪秋教授的学生，下次一定记得代我向家师问好。"

樊浅对这个人的印象一直不错。

做事周到，谦恭有礼。作为刚从上面委派到调查组做特聘律师的他，调查组每一个人都表示了绝对的欢迎。

另外就是，季辞东之前下达的侦查方向得出了最新结果。

根据反馈回来的信息看，唐小雨、梁菲菲等三人之前都有过一次出境记录，时间显示是在大半个月以前。而且，她们的目的地都是越南。

这一点和调查组跟踪了好几个月的跨境贩毒案不谋而合。

因为之前缴获的那批毒品就是从越南入境，但由于当时行动非常仓促，抓获的都是几个线下不知情的小喽啰。

樊浅猜测："那唐小雨、梁菲菲等三人极可能是因为关于幽灵的消息走漏，或者得知了贩毒组织内部一些不能公开的秘密，被灭口的？"

所有人都沉默下来。

贩毒加杀人，这和当时申子雄的跨境器官贩卖同等恶劣。一旦和利益挂钩，人性的阴暗和冷酷总是在现实面前露出它最本真的狰狞模样。

杜伯萧说他会尽一切可能和苗彩姗那边交涉，争取时间。

晚上。

负责搜查人间天堂的石头带回消息，整个人间天堂太干净了，干净得明眼人都知道那里早就在唐小雨、梁菲菲等人出事的时候被彻底清洗过。

季辞东说："酒吧太招眼，苗彩姗不会蠢到直接把整个酒吧当成一个毒品运转中心。那么，她一定会有一个另外的储备基地，会是哪儿呢？"

时间变得非常紧迫，整个调查组气氛紧绷又低压。

樊浅灵光一闪，抬头激动地看着季辞东。

恰巧他也抬起头，两人对视一眼，说出了同样的答案："新人。"不论唐小雨还是江思和梁菲菲，都是迪厅和人间天堂之间通过人流交易这条线进来的人。如果苗彩姗要达到掩人耳目，又能进行毒品交易，那必然是通过这样的人事携带形式。

"石头，马上查一下人间天堂近几个月的内部人事变动，主要是背景和来源。"季辞东下达命令。

樊浅有些担心："时间会不会来不及？"

他往讯问室看了一眼。

透过玻璃门往里看，杜伯萧正在和苗彩姗的律师进行谈判。

季辞东点点头："没事，来得及。"

在天快亮的时候，石头果然摸到了这条线，发现人间天堂近半年来外围人员变动非常大，而且新人都是通过一个名叫洪义协会的招商组织进行招揽，打的是找酒吧服务人员的旗号。

这种披着正规名义而进行非法勾当的组织协会最是平常，但也最难处理。

没有直接证据，他们也不能硬闯进去抓人。

"洪义协会的负责人是谁?"季辞东问。

"王兆财,大家都叫他老王。五十四岁,有过案底,大约在三年前身份洗白,集结了一群说是创业的年轻人办理了洪义协会。"

"创业?"季辞东扯了一下嘴角,拿起手边的外套就往外走,"走吧,会会这个'青年创业团队'。"

一行人站在柏油马路对面的时候,已经是早上八点。太阳爬过山头,照在身上的温度暖和但不灼热。

石头张大了嘴巴:"这……就是洪义协会?"

出现在所有人面前的是类似于货品仓库的一个地方,周边除了几个小杂货铺基本没有什么人来往。斑驳生锈的大铁门,一辆老旧破烂的皮卡车,旁边还竖了一块牌子,上面用红色粉笔写着:洪义协会。

字迹一看就小学没毕业,跟闹着玩儿似的。

他们来的几个人虽都是便衣,但出现在这样的地方难免遭人怀疑。几分钟后,从铁门里走出一个瘦高个的男青年,也就二十出头的样子,紧张地问:"你们找谁?"

季辞东说:"我们找老王,你就跟他说我们有一笔大生意要和他谈。"

男子将信将疑地看了他们一眼说:"等会儿。"

没过多久,还是刚刚的那个男子出来,他指着季辞东说:"谈可以,只能你一个人进去。"环视了人群一周,看到一身运动装的樊浅时眼睛一亮,"带上她也可以。"

"不用。"季辞东想都没想直接拒绝。

樊浅拉了他一把,悄声说:"一起去。"她跟着来的目的本身就是因为这个案子牵涉的都是年轻女子,有她在,可以应付一些特殊情况。

"会有危险。"季辞东说。

樊浅踮着脚往里面看了一眼,无所谓道:"不是还有你嘛!"大概是这句话取悦了季辞东,他考虑眼前的情况之后同意了,而且心情似乎还不错。

进了大铁门,首先出现的是一块空水泥地,中间还停着两辆大卡车。四周都是没有护栏和拆掉的废弃楼,共上下两层,成包围势落成在这片地界上。

季辞东和樊浅在正中间并肩而行,前面是那个带路的小哥。

"有什么发现吗?"樊浅和他咬耳朵。

季辞东偏过头:"戒备并不森严,负责放哨的人员年纪很小且警惕性不高。这里顶多是属于非常外围的小组织,但或许可以成为苗彩姗案件的突破口。等会儿见机行事,不要逞强。"

樊浅点点头。

前面带路的人突然回头瞪了两人一眼:"不要说话,到了。"

是最中间的那栋楼。

樊浅和季辞东一进去就看到了坐在老爷椅上，穿着一件大马褂的瘦小男人，头花白了大半，背微微佝偻，神色暗沉且微露精光。

他半抬起眼："你就是说有大生意的那个？"

季辞东丝毫没有求合作的架势，戴着墨镜，外套用手钩着随意搭在肩上。

"老王是吧，听说从你这里出去的人资质都不错，我要一批，价格随你定。"他说。连樊浅都忍不住侧头看他一眼，这人真是扮个流氓像大佬。

老王听到这话微微坐直了身体，眼含试探："要多少？"

"你有多少？"

他沉吟了一下："不瞒你说，我这里前不久刚出去一批，都是上等的。暂时供不上，你要信得过我老王可以等上一段时间。"

樊浅和季辞东对看了一眼，之前苗彩姗在迪厅那边交接的人应该就是来自这个洪义协会无疑了。

季辞东问："背景干净吗？大家都是明白人，我可不想接手之后被警察找上门。"

话都说到这个分上，就算怀疑他们的身份，老王对这场交易的达成意愿应该也是信了七八分了。他从椅子上站了起来，露出了非常商业的笑："这个你大可以放心，我们虽然干的不是什么正当生意，但也要人家姑娘自愿不是，从我这里出去之后是赚还是亏都不是我能决定的事情。"

季辞东装作思考的样子："行，我先看看'货'。"

二楼总共分了两个大区域，王兆财所说的要给他们看的仅仅是在他们所居住的右半边存放的一些人员资料。

左边有人看守，从外面仅能看见里间紧闭的两扇房门。

樊浅在原地站了许久，突然问："有卫生间吗？我的裤子脏了。"

王兆财锐利的眼神盯了过来，果然发现她黑色的裤子上从大腿到膝盖全是白色的水泥灰。他看了季辞东一眼，对一直跟在樊浅身边的那个人说："你带她去。"

樊浅冲他点点头，感受到了季辞东灼热的视线。

才刚走到楼梯口，就听王兆财和季辞东说："……这姿色要是放在我这里那绝对是顶尖的，自己女人还是放家里比较好。"

季辞东眼睛渐渐眯了起来，嘴上却附和："她比较黏人。"

樊浅作为一个法医，不用体能放倒一个人对她来说也并非难事。

等她悄悄摸到二楼左半边区域的背后时，隐约听到里面传来细碎的交谈声。奇怪的是，她一句话也没听懂。

她敲了敲玻璃窗。

……

再次回到季辞东身边时，他们的交谈已经结束，身边围了好几个人，谈论的内容竟然是如何进行交接和碰头路线。

他要是去犯罪，没几人抓得住他吧？樊浅想。

她靠近季辞东的那一瞬间就被他拉到了跟前，周围的人没当回事,他捏了捏她的手心。从外人来看,她就是埋首在季辞东肩上的一个小女人而已。

这也让人忽略她身边少了一个人的事实。

樊浅的嘴唇几乎贴上他的耳朵:"都是女人,总共十一个,其中一半是越南人。身体和精神状况欠佳,营救困难大,我已经发消息给石头他们了。"

一直不动如山的季辞东回了她一句:"做得不错。"

王兆财看到了季辞东和樊浅咬耳朵说情话的样子,嗤笑一声:"季先生和女朋友感情倒是好,都是做大事的人,女人嘛,不能太惯着。"

季辞东笑笑,不置可否……

这时一直站在窗边放哨的男人突然扯上帘子,急促又短暂地喊了一声:"条子来了!"

王兆财脸色一黑,往地上啐了一口唾沫:"妈的!怎么偏偏这个时候?"

所有人都条件反射地拿出武器,有木棍、铁锹,甚至还有拿斧头的。

樊浅看了季辞东一眼,还未来得及说什么,刚刚那个被她弄晕在厕所的小喽啰就跌跌撞撞地跑了进来,指着樊浅大喊:"王哥,这女的就是个条子!"

一时间众人脸色大变。

王兆财最先反应过来，咬着牙冲两人憋了一句："你们居然是警察？"说完就踢了身边的人一脚大吼，"愣着干什么？上啊！"

短短一瞬，十几个人将两人团团围住。

双方僵持着，紧张，试探。季辞东如墨的深眸压迫感太强，一个眼神扫过去震得没有人敢往前冲，所以，一旁的樊浅立马就成了最先的攻击对象。

一个闪神，木棍就朝她砸了过来。

季辞东反应很快，一把拉过樊浅扯到自己身后，抬起胳膊挡住这一下。

樊浅立马紧张起来，他的胳膊刚受过伤！

结果不等另外的人开始动作，季辞东就闪电般掏出腰间的枪"砰"的一声在天花板上炸开，也让现场顿时安静下来。

都是些愣头青，一个个吓得脸色发白。

与此同时，另一边的石头他们，也已经根据樊浅提供的路线摸到了那个关押人群的地方。不仅避免了出现有人质被胁迫的情况，也达到了他们一开始所要求的最稳妥的方法。

季辞东把枪口转向王兆财。

石头拎着一小袋冰毒冲进来："王兆财，你涉嫌提供贩毒载体和非法关押境内外人员，现在通知你，你被捕了。"

被带出来的十一个人，都被送往了医院。她们都是中越边境非常贫困的家庭的孩子，其中最小的才十六岁，因为各种原因辗转到了洪义协会。

王兆财没有说错,这些人没什么要逃跑的欲望。一是因为她们本身的经济状况连温饱都无法支撑,跟着王兆财,他能提供伙食和住宿。只是唯独没有告诉她们,每次往返在中越边境线的她们,都只是毒品运送的载体而已。

樊浅从医院回到办公室的时候,只有季辞东在。

她问他:"其他人呢?"

季辞东把整理的文档递给她:"都去忙了。"

樊浅也能想到此刻调查组的所有人大概是松了一口气的感觉。

王兆财的落网,不仅招供了苗彩姗利用洪义协会运输毒品的事实,还供出了唐小雨、梁菲菲等三人被杀的原因可能就是半个月以前的那次运送途中走漏消息。

樊浅脸色一寒:"走漏消息就杀人灭口?"

"不是。"季辞东否定了她的说法,"根据王兆财提供的信息来推断,唐小雨几个人死亡的根本原因,极有可能是因为她们见到了幽灵本人。"

但由于王兆财顶多算是苗彩姗的下线,他负责运输,再到苗彩姗手里进行中转。他根本够不着跨境贩毒案的内部核心。

所以这个说法,也还需要进一步证实。

苗彩姗算是坐实了贩毒杀人的事实。

而调查组对于人间天堂的搜查,以及王兆财一干人等的抓捕,算是阻断了这宗跨境贩毒案的一条重要路线，取得了阶段性的胜利。

应上级要求，"6·14"特大跨境贩毒案，正式立案调查。

5

调查组的办公室里。

季辞东的脸色已经不能用盛怒来形容，他把一摞报纸狠狠地砸在了办公桌上："谁能跟我解释一下，这究竟是怎么回事！"

樊浅看到了报纸上醒目的大标题——《中越跨境贩毒案历时三月，终于取得阶段性进展》。

所有人噤若寒蝉。

季辞东真的很少发那么大脾气，他一向克制且冷静，这次是真的触到了逆鳞。

"我说过多少次，一定要全面封锁消息！现在外面被记者堵得跟个菜市场一样，这会给案子带来多大的阻碍你们不知道吗！"

……

樊浅心里有种怪怪的感觉。

查了很久，事实证明并不是调查组的人泄露出去的，但由于涉案面太广，任何人都有可能。一时要查找一个消息泄露渠道就显得非常困难。

下午的时候，季辞东带着樊浅去市局中心就王兆财被捕一案做报告，刚出大门就被蜂拥而上的记者堵了个严实。

樊浅被吓得不轻。人群不断地推搡，七嘴八舌的问话，还有那照得人睁不开眼睛的闪光灯，这一切只在她五岁那年经历过。

当年四个家庭遭到灭门，在整座城市乃至全国都掀起了一股讨论热潮。她记得自己在医院的那段时间，除了每天面对冰冷的白墙，就是面前这热火朝天却让人寒到骨子里的状况。

他们的报道，不仅把一切都摊开在阳光底下，也成了当年真凶得以逃脱的一大重要因素。

多年过去，樊浅从未有过放弃寻找真凶的念头。但无奈时隔太久，她当时又太小，至今最隐秘的那部分档案早已不是她一个法医能拿到的东西。

她捏着季辞东衣袖的手越拽越紧，眼神中褪尽最后一丝温度。

直到，那个人的怀抱彻底将她笼罩。

季辞东将她整个人抱在胸前，宽大的外套兜头蒙住她的脸。

有记者问："季警官，你能就案件说明一下具体细节吗？"

"接下来警方有明确的侦破方向吗？"

……

非常混乱且嘈杂的境况当中，季辞东半挟半抱地带着樊浅往停车场的方向移动。

人群中突然有人大声问："季警官，两个月以前的跨境器官贩卖案就是你和樊浅法医一起侦破的吧，现在又一起追贩毒，你们现在这情况，是男女朋友吗？"

季辞东的动作一下子就停了下来,厉眸在人群中一扫,对着提问的那个中年男子问:"哪个报社的?"

男子大概没想到会被抽中,一时就愣住了。

季辞东收回视线,望着现场所有人:"你们是娱乐八卦吗?还是社会新闻事实的传播者?如果你们还有一点身为这份从业者的自豪感在,现在的你们就不会问出这种问题。"

人群渐渐安静下来。

季辞东再次把视线转回刚刚问话的男子:"我的私生活不是你们该关心的问题。如果有人伺机在背后对着我的生活指手画脚,那就好好躲着,祈祷不要被我抓到。"这句话,他不是对着男子说的,而是对着他旁边的摄影机说的。

一字一字,清晰而有力度。

直到他带着樊浅离去,现场再也没有一个记者敢问他问题。

而此时的某郊区别墅里。

有人正看着大屏幕里播放的季辞东刚刚说的话,嘴角微勾,露出了意味深长的微笑。

"有趣。"他说。

声音嘶哑,在安静的空间里有着粗粝的质感。

手里的红酒一饮而尽,黑暗中露出的下巴线条和脖颈连成了一条完美的弧线。

致命且诱惑。

停车场里。

季辞东松开了樊浅,看着她异常沉默的侧脸问:"还好吗?"

"季辞东……"她突然叫他,睁大的双眸里满含疑虑和恐惧,"我那种感觉又开始了。"一种被人刻意引导,牵着鼻子走的感觉。

无论是当时申子雄的死、欧坤的自杀,还是这次莫名被人泄露的消息……她的直觉都告诉她,一切都并非偶然。

停车场的温度不是特别高,空旷又阴冷。季辞东看着樊浅的状态有些担忧,双手捧起她的脸说:"樊浅,看着我。"

两人的视线对接。

季辞东才郑重其事地说:"不要想太多,我还在。"

这其中包含的意思,让樊浅一时有些集中不了精力。他的手掌宽厚又温暖,接触在脸的部分熏得她双颊微微发烫,不免让她想起了他刚刚在记者面前的话。她咬了咬嘴唇,迟疑地问:"刚刚你在外面的话,不是说给那个记者听的吧?"

季辞东叹了口气,"嗯"一声,缓缓点头。

如他刚刚所说,那个人,最好不要被他逮到。

连樊浅都能察觉出不对,何况是他季辞东呢?从头到尾,那道在暗中窥探的视线,一直都在他们身边……

季辞东看着樊浅再次陷入沉思的样子,突然凑近她问:"想听我真正的答案吗?关于那个记者问你是不是我女朋友的问题。"

樊浅怔了一下,眼神闪躲:"是什么?"

"你猜？"季辞东笑着逗她。

樊浅越发着急，自己默默喜欢他是一回事，但是现在他要让她当面猜他对自己的心思……这就又成了她最不擅长应付的部分了。

看着她无所适从，季辞东收起了逗她的心思。

"樊浅，那你愿意做我的女朋友吗？"他无比认真地看着她的眼睛，"这个问题是真心的，比任何时候都诚恳。"

她一时失去了反应能力。

不是没想过，但真正听到季辞东亲口说又完全是不一样的感受。她犹豫了许久，同样回以认真的态度："季辞东，我，跟别人不太一样。"

她看着他，神色是自我怀疑的不确定和一丝不易察觉的痛楚。

季辞东的视线刮过她的脸，手指摩挲着她的双唇："你说这个？"说完就已经倾身吻了下来。

他用了蛮力，鼻端全是关于他的气息。

樊浅瞪大眼睛，感受他右手附在自己的脸颊，左手不断流连在细软的腰侧。辗转厮磨，不容推拒，势必要拉着她沉浸在这场迷醉的感官体验里。

隔了很久，等到樊浅被放开的时候，她所有暴露在外的皮肤都被憋成了粉红色，眼神迷离，红唇娇艳欲滴。

季辞东看她一直低着头，脸红得不成样子，他笑着替她撩了撩耳边的碎发，靠近她的耳朵说："你看，我们配合默契。就算全世界都无法靠近你,我们也会是彼此最特别的存在。"

樊浅没什么威慑力地瞪了他一眼,低着头快速坐到车上,"砰"的一声关上车门。

身后的季辞东摸了摸鼻子,笑了。

樊浅的恋爱经历几乎为零,虽然这摊牌的时间和地点与预想当中出现了一些偏差,也有安抚成分在,但好在她的反应还不算糟糕。

……

第五章

心 如 刀 刺

1

第二天下午的时候，天气突然暗下来。

石头发现今天老大居然掐着点儿下班，好奇地问："老大，这么早干吗去？"

季辞东拿起桌上的车钥匙，头也不抬地回答："约会。"

约会！

一句话让整个办公室炸开了锅，调查组的万年黄金单身老光棍说他要去约会。众人看着旁边把脸都快埋到桌子底下的樊浅，一时心照不宣。

可就在这时有人不开眼地问了一句："头儿，冯秀芸大美女什么时候把你给拿下了啊？"

众人心里一声，二货！活该你一辈子单身找不着媳妇儿。

石头敲着办公桌："请客吃饭，老大你今天必须请客吃饭啊！"

有人跟着附和："就是，今天早上隔壁还有人跟我打听樊浅法医有没有男朋友来着，被我给挡回去了。"

意思是，你看没有我们，指不定樊浅就被人给勾搭走了，好意思不请我们吃饭嘛你。

季辞东看着他们闹。

回头发现樊浅一直都没有抬起头，他笑着对办公室的一群人说："吃饭可以，但今天不行。"这好不容易把人拐到手了，他的第一次约会可不想再和一群糙汉子过。说完在一片嘟囔声中，拉起樊浅就往外走。

到门口的时候突然想起什么，他回过头叮嘱："以后再有人打听关于樊浅的感情生活，一律给我攥出去。好好盯着，回头涨工资。"

众人一片风中凌乱。

他们每天风里来雨里去，在街头巷尾摸爬滚打都没有达成的事情，因为给樊浅挡桃花，为他把所有可能产生的情敌扼杀在摇篮里而实现了。

没看出来你是这样的老大啊！

结果季辞东又挑眉添了一句："你们已经找不着女朋友了，涨了工资就好好存着，当养老钱。"

众人："……"什么叫寒夜里的风，哗哗往心里吹，就是这种滋味了。

约会了不起啊！谈个恋爱了不起啊！
……

到了车上，季辞东才问樊浅："怎么一直不说话？"

樊浅神色古怪地看他一眼："干吗这样啊，直接请他们吃个饭不就好了？"他今天嘴格外毒，就开的那玩笑，她都替办公室一众的单身青年膝盖疼。

季辞东似笑非笑地看她一眼，边替她系安全带，边问："那么迫不及待要向他们证明自己的地位？"

樊浅被堵得哑口无言，扭过头不看他："我同意做你女朋友了吗？"小小的声音，带着别扭的可爱。

季辞东二话没说直接把人拉回来，双臂撑开，把人控制在胸膛与椅背的狭小空间里。他危险地眯起眼："再说一遍。"警告味儿十足。

樊浅缩了缩肩膀。

季辞东没打算放过她，接着逼问："我是你什么？嗯？"那刻意拖长的尾音，越来越靠近的脸颊……

樊浅睁圆了双眼，结结巴巴地回："男……男朋友。"

季辞东倏地笑了，在离她的脸不到两厘米的距离，笑得眼里都是明朗的光。下一刻他放开她，直起身："走吧，去吃饭。"

季辞东带着她去了温市最著名的一家半山腰的观景餐厅。实木古典风格打造，环境舒适休闲，全方位将温市的夜景尽收眼底。

从市井一下子到这种地方，樊浅有些适应不过来。

"你怎么知道这里的？"她问他。

季辞东替她摆好餐具，抬起头看她一眼："朋友介绍的，来过一两次，觉得味道还行。"他的语气很平常，樊浅这才想起来眼前这人可是从美国留学归来的精英。

他们的工作高效又紧张，忙起来的时候常常塞两个馒头包子就算解决问题。再看现在，白色衬衣，优雅得体，举手投足都是贵气。

樊浅暗自失笑。

对方是季辞东，再多的标签和身份，他都还是季辞东而已。

饭吃到一半，樊浅问他："年副刚那边的线索查得怎么样了？"

此时玻璃窗外的整个温市灯火璀璨，餐厅的花香和音乐浪漫且完满。

季辞东在正式开启男女朋友的第一天就体会到挫败。

他抽了一张卫生纸点在她的唇边，语气里除了无奈还是无奈："你是破案子破上瘾了？之前那么些工作都没让你觉得累，非要在和我约会的时候讨论案子？"

樊浅愣了，接着脸色一红。

季辞东继续教育："你那个工作本来就没有一丝儿活气。"接着话一转，"以后都想着我吧，别的恋人所经历的，以后一件一件补给你。"

他说得很正常，完了嘴角还勾了一下，却让樊浅停下了动作。

独属于恋人才有的小甜蜜和生活，虽具体而且真实。但是对于樊浅，一个早已习惯缩在自己世界的她，连和人接触都做不到的她，反而是最奢侈最艰难的事情。

现在有个人愿意一点一点填满缺失，耐心等着她慢慢靠近。

那个开始让她真的相信命中注定的人。

那样的感觉。

她理解成幸福。

走出餐厅的时候，突然下起了大雨。雨滴噼里啪啦地击打在透明的玻璃墙上，远处山腰树影飘摇，沙沙作响。

从餐厅门口到停车的地方不过五十米的距离，但两人还是被淋得狼狈不堪。

尤其是护着樊浅的季辞东。

他的白色衬衣被雨水浸透，露出了胳膊上的绷带。原本一脸没什么问题的他在发现樊浅皱着眉头看自己时，假装用手捂了捂伤处。

果然，樊浅问："疼？"

上次在抓捕王兆财的时候，他就已经属于二次受伤，伤口虽然没裂开，但也一直红肿着。他冲樊浅点点头，表示是的，有点疼。

结果，樊浅虽然白了他一眼，还是扯了扯他的胳膊说："走吧，回去换药。"

她是法医，怎么会不知道基本的人体修复能力和疼痛承受力呢？尤其对方还是季辞东，这点伤于他而言，大概就跟破个皮差不多。

现在跟她说疼？

但是樊浅决定不和他计较，她转头看着季辞东挂着淡淡的笑的侧脸，想着这样一个强大到一定程度的男人却愿意向她"撒娇"，如同普通情侣之间的小小情趣。

为什么不答应呢？

"季辞东……"她叫他。

正开着车的他回过头："怎么了？"

"我们好好相爱吧。"

吱——正在下山路上一个拐弯儿的地方，车子突然来了个急刹车。樊浅被大力弹出又被安全带给拉了回来，一脸惊讶地看过去，才发现季辞东低垂着眉，双手搭在方向盘上久久没有动作。

结果下一秒，他突然抬头："把刚刚的话再说一遍。"

樊浅僵了一下，最后还是定定地看着他的眼睛："季辞东，我们以后好好相爱吧。"决定了在一起，就不要轻易说分开。

季辞东深深地看了她两秒，一把扯过她的胳膊。

"樊浅，你可知这句话一旦出口，我就再也不会给你反悔的机会？"这话是抵着她的脸说的，温热的气息，沙哑的声音，给了樊浅酥麻暧昧到想躲的触觉感受。

"我……"

她接下来所有打算说的话都被季辞东一个动作给堵了回去。他一如既往的强势，纠缠不放的唇舌，混乱相融的气息，把她固定在车子的椅背上越吻越深,不容逃离。

给她喘息机会的间隙,他贴着她的唇说:"记住你今天的话。"接着再次附上来。

雨下了很久都没有要停的架势,樊浅第二次站在了季辞东的公寓里。不同于第一次的尴尬和无所适从,这次的心情多了一丝丝的复杂。

季辞东给了她一双棉拖。

他自己就这样赤脚走在地板上,把外套往沙发上一丢,对她说:"进来,先把头发弄干。"

樊浅低着头进去了。

她脸上还带着一丝红晕,看着从浴室拿着毛巾出来的季辞东问:"医药箱呢?"

"我去拿。"他说着把白色的毛巾搭在她的脑袋上,转身往卧室的方向去了。樊浅顺手擦了擦湿答答的头发,站在原地没有动。

拿出医药箱的时候,季辞东已经换下了湿掉的衬衣。

他看着一直站在客厅中间的樊浅,她的手无意识地擦拭着黑色的头发,低着头不知在想什么。

季辞东看了她两秒,走上前接过她的动作。

"发什么呆?快把头发弄干,等会儿送你回去。"

樊浅任由他动作,闭着眼睛过了半分钟,拉住他的手腕:"先给你换药。"

客厅茶几旁边的地毯上，樊浅盘腿坐在上面。

她用剪刀剪开季辞东手臂上的绷带，露出了已经结痂的伤口。因为雨水浸透的原因，结痂的周遭有点泛白，樊浅动作轻柔地给他上了药，再次将伤口包扎好。

刚做完最后一个步骤，季辞东就搂着她的腰将人抱了起来。

樊浅惊呼一声，抬头就对上了季辞东的眼睛。

黑沉沉的，看不到底。

樊浅整个人被禁锢在他的双腿之间，进退不得。挣扎不开的慌乱中伸出双手去捂季辞东的眼睛，听见他从喉咙深处发出的两声愉悦的笑声。

樊浅一恼："放开我！"

"不放。"

正在打闹的间隙，急促的门铃声突然响起。

两人停下动作，季辞东站起来把樊浅放在沙发上坐好，揉揉她还未干的发丝说："先坐会儿，我去开门。"

这大半夜的还下着雨，樊浅难得存了好奇心，跟在了季辞东的身后。

房门"咔嗒"一声，开了。

一道纤细的身影就这样毫无防备地跌进了季辞东的怀里，是冯秀芸，她浑身湿透，脸色苍白。

"辞东……"颤抖的声音满含着恐惧,她的双臂紧紧搂着季辞东的腰。

樊浅顿时就愣在了原地。

季辞东皱起眉,观察了冯秀芸的样子几秒后,不动声色地拿开了她的手问:"怎么了?发生什么事?"

抬起头的冯秀芸眼睛通红,余光在瞟到身后樊浅的身影时明显僵硬不少,抖着双唇说:"你们这是……我是不是来得不是时候?"

樊浅回过神,连忙说:"没有没有,我们只是……你先进来吧。"

季辞东回头看了樊浅一眼,眼神不明,最后还是侧开身,对冯秀芸说:"先进来。"

"到底出了什么事?"樊浅把倒来的开水放在冯秀芸的面前,听见季辞东问。

冯秀芸盯着手里的水杯很久都没有说话。

"刚刚有人跟踪我。"过了一阵,她才低声说了这么一句,她把手机里的恐吓短息翻出来递给季辞东。

是由同一个号码发过来的两条短信,时间分别是昨天下午和今天晚上。

上面写着:冯秀芸是吧,像你们这样开着豪车,穿着名牌的有钱人。每天挥霍着从穷苦百姓身上搜刮来的血汗钱不觉得心虚吗?等着吧,你会在半夜醒来看见窗帘上的血迹,开车在路上刹车失灵,走在半路发现前狼后虎退无可退。

另一条写着：我闻到了咖啡的香气，百合的清新，医院里的你眼神焦急，步履匆匆。我会看着你的，一直一直……

冯秀芸说她今天的确是和朋友一起去咖啡馆喝了咖啡，买了一束百合去医院探望过一位生病的同事，结果在下班的路上，就收到了这条短信。

"最近得罪过什么人吗？"樊浅在一旁开口问。

冯秀芸看了她一眼，摇头："没有。"

她说，公司以往经常收到类似的恐吓邮件，她一开始还以为就是像以前那种仇富的人，虽然这次指名道姓找上她，也不过就是因为她身为市场部的总监，才成了首要目标。直到今天晚上，她从公司离开就感觉不对劲，身后总有人跟在她十米远的距离。无论她或快或慢，始终甩不掉，她被吓坏了，不敢自己开车。第一反应是打了个车就来了季辞东这里。

季辞东没说话。他思考了一阵，问冯秀芸："最近你们公司有没有发生比较特别的事情，比如与底下的员工发生冲突，或是与竞争对手有过摩擦？"

冯秀芸摇头。

季辞东转头问樊浅："怎么看？"

樊浅捏了捏手上的毛巾，视线在冯秀芸手里的手机上停留了两秒回答："这两条短信有些奇怪，第一条就像是一个仇富的，伺机报复的狂徒。但是第二条，咖啡的香气，百合的清新，他的遣词造句宛如偷偷窥视,求而不得的变态暗恋者,非常矛盾。"

下一秒冯秀芸接过话:"你的意思是我随便拿了一条暗恋我的人的短信,故意来找辞东的是吗?"

樊浅:"……"她真是被堵得一句话也说不出来,这冯秀芸从进来开始对自己的态度就很奇怪,她那个莫名其妙的理论也不知道是怎么得来的。

季辞东在两人的脸上扫了一眼,说:"短信可以造假,背后的人或许就是一个地痞流氓,但也有可能是故意模仿混淆视线。"

冯秀芸果断没有再接话。

季辞东对她说:"你先不要慌,从明天开始我会申请人到你身边全天二十四小时监控保护,至于短信,交给我来查。"

冯秀芸红着眼点点头。

"辞东,谢谢你。"她谈论起以前上大学的时候,每次有苍蝇黏上来都是季辞东出面替她解决,偶尔遇见穷追不舍的小流氓,还特地在她的门外守了大半夜。

樊浅觉得无比尴尬,她不擅长接这种话茬儿,但也能看出来这冯秀芸今天估计是把她彻底记恨上了。话里话外都是故意说给她听的,针对得如此明显,瞎子才看不出来。

先走为妙吧,她想。

其实也有点不想承认,听着季辞东曾经为别的女人做的那些事儿,她有些硌硬。

这大概是身份转变之后所带来的不同心态。

樊浅从沙发上站起来:"那个……我今天就先回去了,你……"她想说你自己的烂摊子自己先收好再说吧。

结果她还没说完,季辞东就一把扯着她的胳膊让她坐下。眼神里还有那么一丁点儿意味深长的味道:"坐下,外面还在下雨你怎么回去?今天就先在这里睡,自己到我卧房取换洗的衣服。"

樊浅:"……"她看了看冯秀芸的脸色,果然,唰地就白了。

送冯秀芸回去的路上。

季辞东体贴地调高了车内的温度,雨滴噼里啪啦打在玻璃窗前,车子在夜色中飞快行驶,溅起大片水花。

"辞东……你和……"冯秀芸从上车之后就没说过话,隔了很久才试探着问出口。

季辞东很平静地接了一句:"樊浅已经是我女朋友了。"

听这语气,冯秀芸苦涩地笑了,接着躺倒在椅背上:"呵呵,在你身边多年,我一直以为就算你不爱我,终究会有回头的那一天。这个樊浅……她究竟哪点比我好?"

季辞东的神色不免飘了一下。

想着此刻家里的樊浅应该正在洗漱,穿梭在属于他的空间里,或絮絮叨叨,或蹲在柜子前眉头深锁。想到这里,心中有块地方软得不可思议。

他回过神,看着前方说:"她或许不够好,但是……喜欢就是喜欢,没有理由。"

他还记得初见樊浅的那天，她一身格格不入的装扮站在案发现场，理智又精准地描述着一切疑点和可能线索。大概从遇见开始，她对他来说就是特别的。

冯秀芸看着他，眼泪顺着脸颊滑落："那我呢？"

"我很早就说过我们不可能。还有……以后没有的事情就不要在她面前说，她有些一根筋，指不定哪天就信了，闹着找我麻烦。"

这样看似责怪却护犊的话，让冯秀芸绝望地闭了闭眼睛。

她把头转向一边，望着窗外一排排昏黄的路灯渐次闪过，视线越来越模糊。

这温市的天气，开始变冷了。

2

樊浅本来打算等季辞东回来，结果等着等着就睡着了。第二天醒来的时候，才发现自己居然又睡在他的床上。

窗外的雨已经停歇，厚厚的云层洒下几缕阳光。

他正在厨房做早餐。

鸡蛋打碎在碗里调匀，倒入温度刚好的油锅里煎至金黄捞出。装盘，撒上葱花，动作流畅又娴熟。

樊浅惊讶于他居然是个中高手："你会做饭啊？"

季辞东把盘子端到餐桌上，看了一眼穿着自己衣服明显太大的樊浅挑眉说："只会煎蛋算吗？"

樊浅："……你真厉害。"

吃完早餐,他递给她一个袋子,说是给她买的换洗的衣服。但是当樊浅拎出那件浅紫又带着小碎花的bra时,内心几乎接近崩溃。

他也太周到了吧?

直到坐上他的车前往办公室,樊浅都还处在一种莫名的尴尬里,浑身都不太对劲。

季辞东察觉到了,问:"不合适?"

樊浅最开始还没反应过来,注意到他视线所看的地方后才脸色一僵,双手抱在胸前:"流氓!"

季辞东笑了两声:"看你骂人的气息并没有被勒到的感觉,证明我的目测能力一如既往的准确,颜色喜欢吗?很配你。"

樊浅斜了他两眼,扭过头不争气地红了脸。

他的角色适应得倒挺快,耍起流氓来脸不红气不喘。

两人在临近上班前十分钟抵达,又一起进的办公室,导致樊浅一路顶着同事灼热的视线,恨不得穿墙而过。季辞东倒是淡定,双手插在裤兜里,对着一干视线视若无睹。

樊浅刚到位置上坐下,石头就一脸暧昧地凑上来:"姐,第一次约会的感觉怎么样?"

"你很闲?"樊浅问他。

石头总觉得这语气和老大越来越像了,摸了摸鼻子尴尬不已。结果还没想好怎么继续套话呢,老大的召唤就到了。

不是报应来了吧？他想，脊背隐隐发凉。

季辞东的办公桌前，他把一份签署好的文件递给石头："你找个身手好一点的弟兄贴身保护冯秀芸的安全，必须二十四小时全程监候。"

"冯小姐怎么了？"

"遭到恐吓还有跟踪，你顺便查一下她公司最近的动向。"石头保证一定完成任务之后，正在想老大这么明目张胆地护着自己的青梅竹马，不知这两人到底是谁更心大。

他正准备出去，却被季辞东叫住。

"你们少向她打听一些乱七八糟的八卦，樊浅要是出了什么问题我唯你们是问。"

石头身体一僵，在想肯定是刚刚那一幕被他给看到了。

他哪还敢啊！

没事瞎操心。

一个上午，调查组的办公室门口总有人有意无意地晃过。关于季辞东拿下了法医一枝花樊浅这则消息，早就在昨天传遍了整栋办公大楼。

午休的时候，樊浅甚至接到了导师何洪秋的电话。

导师说："我都听说了，没被欺负吧？"

樊浅羞得都快把脸埋到地底下了，她感觉自己谈个恋爱，搞得全世界都知道了一样。

刚好季辞东打饭回来。

"怎么了？"他问。

樊浅抬起头，摇了摇手里的手机轻声说："导师。"然后接着回答电话里的问话，"没有，我又不是小孩子。"

电话那边半天没说话，然后突然蹦出一句："那小子在你身边吧，让他接电话。"

樊浅："……"她踟蹰半晌，还是把电话递到了季辞东面前。

季辞东有些好笑地看着她难得郁闷的小脸，接过电话。

"何叔。

"嗯，好的……我知道……一定到。"

把电话还给樊浅的时候，她好奇地问："什么一定到？"

季辞东抬了抬眼，把餐盘里樊浅不爱吃的西芹挑出来才说："何叔让我们明天晚上去吃饭。"

樊浅一脸不可置信，她怎么不知道他们的关系已经到了可以约饭的地步啊。

季辞东用筷子敲了一下她的脑袋。

"吃饭！"他说。

正好这时候，石头他们端着盘子过来了，冲着两人挤眉弄眼。所有人看着季辞东一副自觉挑菜的模样都觉震惊。

有人调侃："老大，你这是要成为妻管严的前兆啊。"

季辞东桌子下的脚直接踢了过去，笑骂："皮痒是吧。"

一桌子人正聊得热闹,石头突然接了个电话,对季辞东说:"老大,年副刚那边的线索有了新进展。"

"如何?"

"从去年开始,年副刚的公司建兴集团就有大笔不明资金转入,我们查了这些钱的走向,发现都是通过公司运作,银行转账,现金与证券交易等各种手段进行周转,最后落到了同一个账户里。"

"落哪儿了?"有人迫不及待地问。

说到这里,连石头的眉头都不免皱了起来:"查不到,这点非常奇怪。这个账户的持有人是一个连怎么取钱都不会的八十岁独居老人,明显是被盗用了。"

桌上的气氛一时间低了下来。

季辞东说:"年副刚明显是利用公司洗了黑钱,他跟苗彩姗贩毒一案脱不了关系,既然现在查不清资金来源和去向,那就给我盯紧他。"

苗彩姗这根线一断,年副刚迟早露出马脚。

所有人的神经再次绷了起来。

第二天傍晚的时候,季辞东竟然真的带着樊浅去了导师家吃饭。

师母做了满满一大桌子菜,季辞东习惯性地替樊浅安排好一切,拉凳子,递纸巾,一顿饭吃下来看得两个老人连连点头。

樊浅侧目看他,虽然他一向都还算细心,但今天,她自己都感觉到了他真的仔细得都有些过头,看着递到唇边的那杯茶,她难得表示无语。

饭后，导师拉着季辞东去了书房。

她则进到了自己之前住的房间，虽然她上大学之后就搬出去了，但师母一直都有认真打扫，和离开的时候没有什么变化。

"小樊。"是师母。

师母端着水果放在了她床头的柜子上，看着照片里樊浅和他们的合影感慨："一晃这么多年都过去了，我还一直担心你一直一个人，现在看到季辞东，我这心总算是落下了。"

樊浅有些红了眼眶。

如果没有何洪秋夫妇，现在的她能不能平安长大都是问题。虽然他们很避讳谈论当年的事情，但是她很明白，都是为了她好。

师母话一转问："云帆呢？她知不知道你恋爱的事情？"

樊浅扶额，又开始了？

师母也是一脸孺子不可教的神情："怎么每次说到云帆你都这副表情？他是我和你老师一起看着长大的，无论学识和人品都是顶尖的。虽然这季辞东也不差，但你可得好好说，千万不能伤了云帆的心。"

樊浅哭笑不得："师母，学长他就是朋友兄长，没你说得那么复杂。"

她抬起头，对上了师母沉默的眼睛。

似是包容又似无限感慨，最后师母叹了一声："你呀……不说了。"

看着她消失在门口，樊浅发现自己似乎真的很久都没有联系过曾云帆了，心里突然有些沉重，连眉头都逐渐皱了起来。

老两口住的地方带了个小院，闲着的时候种了不少花草，还有一小片的大蒜等调料蔬菜。

樊浅从屋里出来之后就决定出来透透气。

她摆弄廊上放着的石榴盆栽，丝毫没有察觉到身后逐渐向她靠近的人。直到腰被揽住，熟悉的气息吐在耳边："怎么出来了？"

樊浅紧绷的身体放松下来。

"没，就是闲着没事儿干。"季辞东放在她腰上的手一个用力，把人侧过来面对着自己，"喜欢这样的生活？"没事养养花草，时间悠远绵长。

樊浅点点头，心说如果以后身边的人是你的话，这样慢节奏的生活应该不错。

季辞东把她抱进怀里："会的，只要你想要，都给你。"他埋首在她的脖颈间，短短的发丝戳得她微微闪躲。

樊浅察觉到他的情绪从刚才开始就有些怪怪的。

"怎么了？"她问。

"没有，讲讲你在这里的生活吧。"他放开她，强行转移话题。

樊浅的视线沿着小院环视了好大一圈，笑着说："我小时候很长一段时间都在生病，大多数时间都是在院子里度过的。"

她拉着他去看了自己给蚂蚁搭建的窝，指着一棵有两人高的小松树兴奋地说那是她十年前种下的。

季辞东看着她微笑的侧脸,心脏如同被人用手狠捏了一下,生疼生疼的。

他想起刚刚在书房,和她老师何洪秋的对话。提起樊浅,一个六十多岁的老人也不禁感慨:"曾经,我一度担心那个丫头活不下来。"

十九年前,樊浅的父母被人杀害了。

当着她的面。

她被人发现的时候,就坐在案发现场,一动也不动,像个乖巧的瓷娃娃。

何洪秋夫妇把人送去了医院。却在接下来相当长的一段时间里没有从她嘴里听到一句话,她沉默着,一旦有人靠近就疯狂尖叫,像一只暴躁的小狮子。

她吃很多很多药,打不完的营养针,看不完的心理辅导。但她还是越来越瘦,也越来越虚弱,虚弱得像朵即将枯萎的花。

夫妇俩把人带回家。

直到后来有一天,她就坐在现在这个小院子里,对着刚刚从外面回来的何洪秋两人哭得声嘶力竭,说了两年来第一句话:"我想我爸妈了。"

那个时候,她七岁。

她终于还是慢慢好起来。

开口说话，努力读书。

长成了如今站在季辞东面前，俏生生的模样。

晚上十点的时候，樊浅和季辞东告别了她导师的家，一路上谁也没有说话。

樊浅正在疑惑今天的季辞东有些奇怪，车子已经停在了她家楼下。他扯过她的身子，在她额头上留下一个温柔的吻，轻声说："晚安。"

樊浅："……"

直到她房间的灯亮起又熄灭，季辞东还坐在车里没有离开。

车窗底下，满地的烟灰。

樊浅略过的那段曾经，却让季辞东放在身侧的手捏到指节泛白。

源于何洪秋和自己父母多年朋友的关系，在当时同意樊浅加入调查组的时候，他曾粗略地看过她的档案。后来，因欧坤和申子雄案子的疑点，他也研究过当年樊浅父母案件的卷宗。

但是对于细节，他不曾知道得如此清楚。

清楚到仿佛曾望见那个弱小的孩子，走过无尽的黑暗长廊，她孤独又倔强地活了下来，活成了无人可近其身的冰冷模样。

好在，他拉住了她的手。

并从一开始就决定永远不会再放开。

他在黑暗里拨通了一个电话："我要调一份档案，关于十九年前的。"

对方给的回复是，需要时间。

没关系，翻开尘封十九年的往事，多久他都等得起。

……

3

两天之后的凌晨两点，季辞东放在床头的手机骤然响起。

"老大，冯秀芸被绑架了！"

季辞东瞬间从床上清醒过来，边穿衣服边皱眉问另一头的石头："怎么回事？让你调过去的人呢？眼皮子底下让人给劫走，干什么吃的？！"

石头都快哭了："老大，你别骂了，人现在在医院里躺着呢，被捅了一刀。"

……

樊浅接到消息赶到医院的时候，大多数人已经到了。

被刺伤的警察叫刘军，腹部中了一刀，所幸伤口不算深没有伤及内脏。在格斗等武力值都是佼佼者的警察手里劫走人，对方显然不是什么良善之辈。

案发地点在冯秀芸公司的地下停车场。

根据刘军的描述，当时他跟着加班至凌晨十二点的冯秀芸去了停车场，走在后面的他突然遭人袭击，而冯秀芸，当场被人捂迷药昏了过去。

整个打斗过程一共出现了三个人，分别对付他们的有两个，开车一个。

都是成年健壮男子，身手了得，但看不清脸。

现场监控录像被恶意损坏，除了刘军的血迹和打斗痕迹并没有其他发现，显然是计划周密之后再实施的绑架。

"通知各部门，严密布控，重点排查一辆尾号为73的银色面包车……"一连串的命令下达，警笛鸣起，对调查组而言这将又是一个不眠之夜。

没过多久，天渐渐亮了起来。

回到办公室的时候，樊浅给季辞东端了一杯咖啡进去。他正在打电话，似乎是排查那边有了新进展。

"怎么样？"樊浅问他。

季辞东挂了电话说："车子找到了，不过嫌疑人在半路上就换了车，刘军特地记下的车牌号也是假的，还在继续追踪。"

樊浅的眉头也皱了起来："冯秀芸之前收到的恐吓短信就很奇怪，嫌疑人应该不止为财这么简单。如果他单纯想要报复和发泄，那就大可不必如此大费周章地把人劫走。"

季辞东明显早就已经想到过这一点。

他紧锁着眉，指关节嗒嗒地敲在办公桌上。

就在这时，一直追查恐吓短信的信息组那边得来最新消息。

董小宇，十九岁，无业游名，高中毕业以后辍学在家，因为偷窃等行为进过好几次局子。

开会的时候，石头有些气愤："这个董小宇就是个惹事精，好家伙，他之前好几次就因为恐吓他人被告了不少次，说是模仿了一本网络上的犯罪小说，目的是好玩。他还专门为此去办了好几张没有实名认证的电话卡，害得我们在他身上浪费了不少时间。"

"他承认了？"

"何止！他不仅承认发了恐吓短信，还承认跟踪了冯秀芸。但是人确实不是他绑的，我们找到他的时候，他还在网吧打了一个通宵的游戏，监控也显示他没有撒谎。"

樊浅不免看了季辞东一眼，真的有那么巧吗？

绑匪刚准备进行绑架，就有个智商欠费的家伙先替他发了恐吓短信？

但目前，这条线明显是断了。

中午的时候，大家都没什么心思吃饭。

樊浅拿着水杯进了茶水间，空气里都是开水冲泡过后的淡淡菊花茶的味道。

身后突然伸过来一只手。

"想什么这么入神？小心被烫。"樊浅回过神才发现是季辞东，他把从樊浅手里接过的快要溢满的水杯放到了旁边，询问地看着她。

樊浅压下思绪，冲他摇摇头。

季辞东也不再追问，亲昵地碰碰她的脸颊说："抱歉，最近两天大概都比较忙，自己一个人出门的时候小心一点。"

刚确定关系没几天，能静下心来陪她的时间却少之又少。

樊浅心里甜了一下。

她是懂的，季辞东一向是将使命和责任感放在首位的人，现在又是案件的紧急关头。或许刚刚在一起，每天腻腻歪歪，时刻黏在一起是他们都期待的状态，但不是必须。

因为他是季辞东。

于樊浅而言，现在这样，刚刚好。

就在两人刚刚出了茶水间没到半个小时，调查组里就收到了一份匿名包裹，指明让季辞东签收。

里面是一份带着血迹的磁带。

"辞东！不要来！"刚打开就是冯秀芸的尖叫，接下来就是一段忙音，估计是被打了。一阵沙沙声之后，被变声器处理过的声音响了起来。

"废话不多说，两千万……季辞东，我知道你是警察，但我警告你，你要是不按我说的做，你这青梅竹马的小情人可就要断胳膊断腿了。"

录音到这里戛然而止。

办公室的人面面相觑，这绑匪的调查做得明显不够仔细。冯秀芸在国内的确没什么亲戚，唯一亲近的也就季辞东了，但这老大不是刚刚确认恋情嘛。

冯秀芸这是替樊浅背了黑锅?

而且在绑架要挟对象的选择上选了季辞东,不知是对方真的故意挑衅警察,还是心大?

怎么看都漏洞百出。

但此时距离冯秀芸被绑已经过去了十个小时,磁带上的血迹检测也证明的确是她的。不论对方怀揣着什么样的目的,救人要紧。

两个小时后。

绑匪给出的交易地点是市郊一段废弃五年之久的铁轨附近,周围杂草丛生,是非常隐蔽又利于逃脱的地方。

距离铁轨一千米的地方,樊浅沉默地看着季辞东把准备的钱拎了出来,打开保险箱做最后一遍确认。他刚毅的侧脸肃穆严谨,周遭早已布下天罗地网,就等最后的抓捕。

樊浅却始终隐隐不安,她扯了扯季辞东的袖子。

"绑匪……"欲言又止,她不能说这个绑架案看起来就像一场玩笑,绑匪花了大力气把人弄走,除了指名道姓要两千万的赎款,并没有其他要求。寄带血的磁带,光明正大地威胁警察,就像是……像是技艺拙劣又有蓄谋的指引。

目标不是钱,更像是季辞东。

但是这样的直觉猜测,她能阻止季辞东救人吗?

显然不能。

何况,对方是冯秀芸。一个专程为了他回国发展,在国内无亲无故的女子。

季辞东看着自己衣袖上那双白净的手,停下了要下车的动作。

"放心。"他抵着她的额头,眼神幽深。

她的说不出口,以及所有的顾虑他都知道。他亲亲她的脸,对站在车旁边的石头说:"照顾好她。"

那一眼,看得石头不禁神色一凛。

"保证完成任务!"

天边的夕阳落尽最后一丝余晖,远处山峦迭起,迷雾朦胧。直到季辞东的背影消失在远处,樊浅依然望着那个方向久久出神。

"樊姐,不用担心,就老大那变态的身手和能力,不会有问题的。"樊浅站在车外,没有回头却也不得不像石头所说的这样安慰自己。

不会有事的。

整整半个小时过去,一点动静和消息都没有传来。

他们此刻所处的地方是在公路旁,交叉的十字路口不时有车辆经过。樊浅靠在车头上,保持着一个动作很久没有挪动。

叮!是短信——我听到了巨大的声响,飞鸟的鸣叫,轨道旁的他正在低头,动作缓慢,我会瞄准他的,直至死亡……

樊浅瞳孔微缩。

这条短信……和冯秀芸接到的第二条恐吓短信何其相像。

季辞东有危险。

"石头!"她有些慌了。

半天没有得到回应,她抬头发现刚刚还站在车后面的人不见了,而车尾处隐隐有血迹流出……

此时,另一边的季辞东刚到达目的地不久。

他按照电话里的指示将赎金放到了轨道上,不远处的丛林里慢慢走出来一个人。冯秀芸被捆住了双手,除了头发凌乱了一点之外并无明显外伤。

"辞东。"她颤抖着声音叫他。

季辞东缓缓走上前,冯秀芸望着他的眼睛里莹然有泪。

他沉默着替她松绑,黑色的眼睛如同看不到底的深潭,出口的声音冰冷又没有丝毫情感:"不论你的目的是什么,这件事情到此为止。"

对面的人僵住了:"你什么意思?"

季辞东继续手上的动作:"你做得很小心了。但是二十四小时保护你的人没几个人知道,绑匪能不留痕迹地带走你,却查不清我和你的关系?"他环顾四周,眼神黑白分明,"这里也根本不可能出现所谓的绑架者,我说得对吗?"

冯秀芸的神色变了。

对,没有什么绑匪,不过就是她利用别人发的恐吓短信,继而花钱请人自导自演的一场戏而已。

她拽住他的胳膊。

"你都猜到了,却还是来了不是吗?"冯秀芸的声音里带了哭腔,她想要的,想证明的,不过就是季辞东的心意而已。

季辞东毫不犹豫地甩开她的手,语气越发冷了下来:"不论你的理由和动机是什么,你不可能从我这里得到你任何期盼的东西,就此收手吧。"

他一开始就存了疑虑。

但因为对方是冯秀芸,两人在美国时的确是朋友和同学关系。加上她的父母不久前刚打来电话说让他照顾好她。单就为了这个,哪怕他有怀疑也不得不走这一趟。

冯秀芸神色凄楚:"辞东,你是爱我的对吧,你义无反顾地来了……哪怕,哪怕你现在还不确定,只要我一直等,一直等,你总会回头。我还记得我们在美国第一次见面,那个时候你替我……"

季辞东任由她说,眼睛巡视四周。

天色渐渐暗了下来,四周埋伏的人并没有任何动静,耳边是冯秀芸不符合常理的自我幻想。脑海中有什么东西一闪而过,他神色渐渐凝重了起来。

他一把扯过冯秀芸的手臂,那细小的针孔刺得他瞳孔微缩。

"辞东……你捏疼我了。"

他手臂青筋暴起,出口的声音寒气森森:"你在离开公司前,最后见的一个人是谁?"

……

公路两旁的低矮丛林里不时跳出两只青蛙，虫鸣在枝叶间窸窣作响。当季辞东第一个冲回原地看到眼前的那个画面时，一向不动如山的他眼里骤然卷起风暴。

石头穿着白色T恤的胸前大片血红，他的脸在已经开始暗下来的视野里苍白得可怕。跟着季辞东回来的一大波人迅速围了过来，急救的，打120的，大家忙成一团。

季辞东在石头的身上停了几秒，迅速转身，视线在现场绕了好几个来回，一圈一圈，没有她的身影。

心中像是被骤然凿开了大洞，寒风哗哗地往里吹。

生平第一次。

猝不及防的惊痛，像巨大的浪潮般汹涌而来。

樊浅醒来的时候，触目可及之处是白炽的灯光。她闭了闭眼，适应片刻再次缓缓睁开。身上的每一寸肌肤都在叫嚣着疼痛，尤其是后腰，火辣辣地疼。

她想起来了。

冯秀芸被绑，季辞东身陷危险，还有石头……

她挣扎着从小床上坐了起来，发现自己手足均被捆绑。身处一间大约不足二十平方米的房子里，四周都是冰冷的黑色玻璃墙。周围铁架上堆满奇奇怪怪的试剂，空气中有着令人作呕的憋闷气息。

"醒了？"

这声音……是年副刚。

他丝毫没有想要遮掩的意思，依旧一副之前的装扮，黑色大衣和帽子，手里拿着一根檀木色的拐杖，端坐在一把靠椅上，看着她的眼神如同看猎物般，透着诡异的兴趣。

樊浅垂着眉，她的手心不停地冒汗，后背沁凉。

半分钟后，她抬头，用极度冷静且平稳的声音问："是你让人把冯秀芸给绑架了？目的就是抓住我？"

年副刚笑着站了起来，他用手里的拐杖挑起樊浅的下巴，神情越发幽暗："不枉我大费周章把你弄来，啧啧……够冷静，我喜欢。"

樊浅嫌恶地避开他的动作。

年副刚并没有在意她的行为，神情带着不屑："冯秀芸？那个女人根本用不着我找人绑架，我不过就花了点钱让人给她发了条短信，一针带致幻的药物，顺便暗示了一下怎么教她挽回男人的心。呵，她还真是喜欢那个姓季的，自导自演得很来劲。"

樊浅没接话，此时的年副刚早就不仅仅是那个心思深沉的集团老总，更不仅仅是一个给贩毒集团洗黑钱的罪犯。他俨然，是个决定放任内心阴暗面滋长的恶魔。

年副刚慢条斯理地脱下了帽子和外套，从旁边取来白色手套边戴边说："从我们在人间天堂第一次见，你就真的很合我的胃口。可惜啊，被那个姓季的警察给破坏了……他还找人调查我！知道我洗钱又能拿我怎么样？不过你放心，有冯秀芸那么个蠢女人送到他面前他不会拒绝的，任何男人都不会。你是他女朋友又如何，男人嘛，等他沉浸在温柔乡，你这个所谓的女朋友，不过就是个笑话罢了。"

把人性玩弄在股掌之间,看着所有人都如他设想中一样变成跳梁小丑。

这个变态!

他从墙上取下一针试剂,慢慢靠近樊浅:"好了,属于我们的狂欢……开始了。"

……

4

温市某医院里,手术室的灯亮了整整一个晚上。

清晨六点。

曾云帆推开手术室的门,摘下口罩对走廊上的一干人等说:"人已经没事了,子弹没有直接射中心脏,虽然失血过多,好在没有生命危险。"

在众人都深吸一口气的同时,曾云帆把视线移到了走廊最边上的那个人身上。

听到动静,季辞东终于抬起头。

那一瞬间,曾云帆所有的质问都说不出口。那个男人的周身都是生人勿近的冷漠气息,熬了一夜的眼睛里蓄满了黑压压的情绪。

两个男人再次面对面。

"医院的事情就麻烦你了。"季辞东看着刚被推出手术室的石头,对着曾云帆说话的声音里有些干涩和嘶哑。

"小樊……"

"我会把她带回来。"他打断曾云帆,那样笃定和决绝,让曾云帆真的相信,天涯海角,眼前的这个男人都会抓着樊浅的手不放。

下一刻,在所有人都还没有缓过来的时候,季辞东已经转身离开。

年副刚是吧。

新仇旧怨,那就一起算好了。

调查组的信息监控室。

季辞东靠在圆台桌子上,看着面前两排的电脑操作员和大屏幕上不断闪现的画面,整整两个小时都没有移动。

不断有关年副刚的消息传进他的耳朵。

建兴集团早就已经被搬成了一个空壳子。

他的妻子和儿子也都在几天前移去了澳洲。

除了三天前,他被拍摄到去了冯秀芸的公司,基本待在郊区的别墅没有外出。

最后一次出现是在……

"找到了!"是在距离樊浅失踪地方八百米之外的一个加油站,他开一辆黑色别克 LeSabre,监控录像里,他明目张胆地与人交谈然后扬长而去。

季辞东的手越捏越紧。

他能想象当时的樊浅必然是被弄晕之后扔在了车后座,身上穿的,还是他们分开时那件浅黄色针织开衫,难得比平常少了些冷淡,看起来温婉又随和。

年副刚会怎么对待她呢?

那样一个心狠手辣又心思缜密的人,除了对男女都有变态的虐待习惯,他还擅长毒品。他应该会像对付冯秀芸一样,用毒品控制她的神经,或者更甚。他不会杀了她,只会把她关在一个没有人知道的地方,一点一点地折磨她,看着她慢慢崩溃,沦为精神世界的奴隶,他手中的又一个胜利品。

季辞东能想到所有可能。

那个会倔强地和他顶嘴,也会因为一两句情话就脸红的樊浅。那个让他心疼又发誓会好好守护的爱人,现在正在经历着什么……

他低着头,眨了眨眼睛。

等我。他说。

天罗地网的排查和追踪,此刻的樊浅并不知情。

小小的玻璃房里她根本分不清白天还是黑夜,年副刚又来了。他皮鞋哒哒的声响由远及近,灯光下,他的脸看起来格外可怖。

樊浅不清楚年副刚给她注射了什么,她的头昏昏沉沉,四肢无力。

"噢,看看,迷途的小羔羊,是不是很难受……没事,很快就过去了。"樊浅的外套早已丢失,他的手一寸一寸游走在她裸露的肌肤上。

他说:"这么美的身体,我怎么忍心让它留下一丝一毫的伤疤,我们慢慢来,你会享受到极致的体验。"

樊浅的胃里翻江倒海。

从头到脚如浸在冰水里一般彻骨的寒冷,她往里缩了缩。

季辞东,她真的开始害怕了。

泛白的指甲在掌心抠出道道血痕,她的额头泛着细密的冷汗。用尽力气挥开胳膊上那双手,她的眼里依然是挣扎过后余留的清醒:"年副刚,你不过就是一个彻头彻尾的失败者,别恶心我了!"

年副刚毫不犹豫地就甩了她一巴掌,用了全力。

樊浅笑了:"你的童年该有多不幸,才会让你在女人身上找存在感。你替贩毒洗黑钱,你利用权势折磨过无数男男女女,连警察都抓不住你。那又如何?你不过是只活在阴沟里的老鼠,穷其一生,都不敢站在阳光底下的懦夫。"

砰!是她的头被大力撞在床板上的声响。

年副刚在冷笑,她彻底惹怒了他。

真的就像季辞东所说,如他这般身处高位的掌权者,再心思难测,也绝不容人挑衅他自己所谓的尊严和权威。

那张盛怒的脸,是樊浅余光所见到的年副刚最真的本性。

嗜血的,暴力的。

无数拳脚如雨点般落在身上时,樊浅反而松了一口气。

季辞东,你要快点找到我。

在我还能清醒着想你的时候。

……

"老大！追上了。"在不眠不休连续排查一天一夜后，他们终于再次追踪到了年副刚的车，停在了一栋海边的别墅前。

那栋别墅是在他老婆名下的，平常除了打扫的阿姨并没有人居住。

深夜，季辞东带着一组人悄悄潜进了别墅附近。

月黑风高，别墅背靠山林面朝大海，半陆半水架空而建。迎面的海风带着咸湿的腥味儿，树影飘摇在别墅周围看起来带着阴森可怖的气息。

一行人绕到了别墅后面，季辞东则带着两个人从别墅旁边的旋转楼梯翻身而上。

专用的长筒皮靴踩在木质的楼板上带来轻微的声响，他打了个手势，示意后面的人站在原地不要动。

别墅里没有开灯。

从玻璃窗往里面看，丝毫没有人生活的气息。所有的家具都盖着白布，手电筒光线照射的空气里满是扬起的细小灰尘。

年副刚真的有那么蠢吗？劫了人，明目张胆地把车开到自家别墅，看起来不过就是一场迷惑人的手段而已。

但季辞东有种直觉——没错，就在这个地方。

他把车停在这里，无非就是想说我就在你面前，但你终究还是抓不住我。

……

此时别墅的地底，樊浅的面前摆着一个放大的显示屏。

她浑身都是暴力所致的外伤，除了脸，身上几乎都是伤痕。年副刚似乎不打算对她产生兴趣，也说过自己不杀人。所以，他用尽一切手段折磨她。

最多的是鞭子。

他还曾一次次把打湿的纸巾附到她的脸上，在她濒临窒息时揭开，不断反复。

每隔两个小时，他就会给她注射一针试剂，她会在感官非常清晰的情况下不断在地狱里来回煎熬。

此刻的她，微微睁开双眼，看着监控里季辞东的身影连抬下手的力气都没有。

年副刚饶有兴趣地看着她的动作，拿起手边的红酒杯轻轻抿了一口。他边看着视频边对樊浅说："啧，这个姓季的没想到还真的找过来了。怎么样？你是不是很兴奋……可惜啊，看到没有，就是那儿，只要他打开那扇门，下一秒毒气就会通过呼吸进入他的血液，他都不用挣扎，就再也不会有爬起来的那一天。"

樊浅看着监控里，季辞东的手已经放在了门把上。

不要……

一滴眼泪顺着她的眼角滑落，那是从被年副刚带走之后，是在经受无尽的折磨和拷打之后，第一次落泪。

她从不知，原来那个人在她心中的分量比自我感觉中要深。

绝望和将要失去的痛苦远远超过她的想象。
……

季辞东在最后一秒缩回了手,手里的手电筒扫过房子的四角,最终停在了右上角那个不起眼的监视器上。

"Shit!"年副刚语气恶狠狠的。他看着屏幕从不断晃动模糊直到黑屏,他所有切换的摄像头都监控不到画面了。

樊浅松了口气,突然放松下来的神经导致她眼前阵阵发黑。

年副刚揪着她的头发把她从小床上拽了下来,拿出角落准备好的绳索绑住她的手脚,贴着她的耳边阴冷嗤笑:"好了,他既然费尽力气来找你,成全你们如何?"

樊浅心里一紧,被蒙着眼带到了一间更大的房子里。

被扯掉眼睛上蒙着的黑布时,樊浅虽然做了心理建设,还是不免被眼前的一幕所震慑。

那是一张张的人皮,真的。

她被绑在中央,能无比清楚地看清所有画面。

年副刚笑了起来:"吓到了?放心,这些东西都是收藏品,从黑市各个渠道千辛万苦弄来的。"

他的手从整面框架起来的玻璃上慢慢拂过,从旁边满架的冰冷器械当中选了一把手术刀。

他走近樊浅:"法医是吧,你们解剖尸体是什么样的感觉?我一直都想亲手揭下一块完整的人皮留作纪念。"

他的手撩开她背后的长发，接着说："可惜了，皮肤上都是伤。那我们就慢慢来，看我进行到哪一步，你的那个男朋友才能找到你。"

樊浅的嘴唇再一次被咬破，反复结痂的伤口再次染红。

她颤抖着，浑身充满了恐惧。

那把冰冷的手术刀触到了她颈后的皮肤。

"季辞东！"

樊浅是在极致的冲击下喊出了季辞东的名字，却完全没想到他真的就一脚踹开了她面前的那扇门，"砰"的一声之后，他神色冷厉地站在门口。

他几乎毫不犹豫地就朝年副刚开了一枪，射中了年副刚的大腿。

那一瞬间，季辞东几乎是失控的。

出现在他面前的樊浅，情况比想象中更糟糕，她的衣服上全都是被鞭打过后留下的血迹，脸色苍白如纸，整个人像从水里捞出来的一般。

年副刚没有抓住樊浅威胁他，反而在第一时间从房间角落一个出口跳出，顺便甩下一句："既然来了，你们就一起死吧。"

下一刻，水流从角落里四面八方的通风口疯狂涌入。

照这个速度，要不了一分钟，他们两个都会被淹死在这里。

千钧一发的时刻，季辞东抱起樊浅迅速往门口冲去。就这短短的几秒钟，水流已经漫过季辞东的小腿。

出了门口，樊浅才发现外面的水依然在疯狂地涌入。

她的头靠在季辞东的肩上:"这是什么地方?怎么会有这么多水?"

他一边往左侧的一个通道跑去,一边回:"海边,地底。不要说话,我带你出去。"

樊浅终于明白了自己所处的地方,回想了一下之前被带着走过的路线。

在季辞东出了通道口的时候,她搂在他肩膀的手用了用力,提醒他:"右边。"

他几乎是在她说出口的同时,就往她所说的那个方向冲了过去。

他对她的信任,就如她信任他一般。

……

两人真正逃离出那栋别墅的时候,已经是早上六点。

樊浅的神智还算清醒,天边已经大亮,再次看见黎明之前的天光,有种恍如隔世的不真实感,躺在季辞东的怀里,她终于安心陷入沉沉的黑暗。

救护车早就已经等在一边。

季辞东抱着樊浅走过那片空地,老远就看到了等在救护车旁边的另一个男人。

曾云帆沉默着替他打开车门。

在季辞东一条腿已经跨进车里时,他说:"你做到了,虽然在你身边你会带给她危险,但能在关键时刻守护她的,也只有你。照顾好她。"

季辞东没有答话，而曾云帆也没指望他回答。

曾云帆关上车门。

小樊，我决定放手了。

他还记得初见樊浅那年，是在何洪秋老师的家里。她扎着马尾，站在院子中间轻轻地和他说再见的样子。

她太过疏离和冷淡，漫长的十年时光，他默默地陪在她的身边。从上学到回家，从年少到大学毕业。他用了所有的深情试图走进一个人的心。

樊浅曾开玩笑，说要和他一起去养老院养老。但是他怎么会舍得，她之前所有的时光都是冰冷又孤独的征途，他怎会放任她到年老，还不曾有所依靠。

现在事实证明。

将来在养老院陪他的那个小老太太，真的怎么都不会是她。

曾云帆会是她的兄长、朋友，终其这一生。

5

樊浅再次醒来的时候，已经是一天一夜之后。

窗外阳光正好，雪白的床单和被罩，空气里是医院特有的味道。她眨了眨眼睛，思绪还没有回笼，唇上就已经传来了冰凉的触感。

是季辞东，他拿着沾水的棉签在替她润唇。

"还好吗？"他继续着手上的动作，"医生说你还在发烧，需要好好休息。"他把手里的东西放在旁边的柜子上,看着她的眼睛里是熬夜导致的红血丝,下巴有青青的胡楂。

"你一直守在这里都没有睡觉吗?"樊浅问他,话一出口,她才发现自己的嗓子跟破锣几乎没什么区别。

季辞东替她把床摇了起来,自己先坐到床上把她抱在怀里,才拿着水杯放在她的唇边。

"睡了一会儿。"

不用解释樊浅也能猜到,这个睡了一会儿的意思就跟没睡是一样的。

正巧这个时候护士来换药。

季辞东自然而然地接过护士手里的东西:"交给我来吧。"

樊浅不免想到,不会她身上所有的伤都是他给处理的吧。

或许是她太出神,季辞东轻轻掀开她的被子说:"不是我,在这方面我并没有比专业人士来得更令我自己放心,但你现在醒着。"

樊浅明白了。

因为她醒着,他担心她接受不了别人的接触。

"不用了。"她看着季辞东望着自己的眼睛,"不用了,就让护士来吧。"

被年副刚关在别墅的这段时间,反而让樊浅看开了一些事情。

季辞东总是试着在拉她往前走,他不会放手,但她总得学着治愈自己,接受一些所不能接受的。

她想要让自己看起来更好一点,在这个男人眼里。

季辞东深深看了她一眼,从她的眼里读懂了她的意思,笑着摸了摸她的头发,轻声在她耳边说:"好,听你的。"

……

下午的时候,病房里来了很多人。

何洪秋老师夫妇、曾云帆、调查组的一干同事,还有半躺在轮椅上,上半身还不敢剧烈动作的石头……

"姐,对不起,是我没有保护好你。"樊浅看着石头的样子眼眶微微红了,她很想说谢谢,谢谢你还活着。在那段暗无天日的时间里,她一度以为石头或许已经牺牲了。

结果石头话一转,问旁边削苹果的季辞东:"老大,你是怎么把人给救出来的?"

樊浅注意到他手上的动作,拿惯枪的手也能在削个苹果时做到一丝不苟。直到最后,那一圈完整的苹果皮,连厚度都是一致的。

他把苹果切成一块一块的,拿着牙签喂到樊浅的嘴边。

樊浅:"……"

看她半天不肯张嘴,季辞东的眼睛扫向一边的石头说:"你还不走?你姐她需要休息。"

石头一脸蒙掉的表情,回过神来才吼:"老大,你太过分了!"

看着又开始吵吵闹闹的石头,看着身边装作什么也没听到的季辞东,樊浅忍不住笑了。就这样,真好。

……

因为年副刚最后还是跑了,有一些现场的具体情况还需要樊浅加以说明。

两个刚来不久的警察记录员战战兢兢地站在樊浅的病床前,问个问题也显得有些畏首畏尾。她拍了拍旁边季辞东的手,示意他不要冷着一张脸。

就他那气场,一般的人见着还真有些害怕。

樊浅撑起身,说:"你们还有什么问题尽管问。不要管他,他就是看着严格,在触及关键事情时比谁都上心。"

两个小警察对看一眼,其中一个笑着说:"嫂子,该问的我们都问完了。你好好养伤,我们就先走了。"

谁不知道季辞东啊,公正和严苛那是出了名的。但真的当他们连续问了樊浅将近两个小时的问题,他那脸黑得也是真的。

此时不溜更待何时?

等到两个警察都出去了,樊浅还没来得及说他什么,他就已经站起身强制性地把她按倒在床上,替她扯上被子。他看了看手腕上的表说:"你已经连续不停地说了两个小时零十分钟,现在开始睡觉。"

樊浅确实有些精神不济,也没有和他争辩,余光中看着出去打水的季辞东的背影,安稳地闭上眼睛。

……

· 163 ·

她是被脸上温热的触感给弄醒的，季辞东拿着毛巾在给她擦脸。旁边的小床上放着他的外套，猜测他应该是睡了一会儿。

窗外的天已经黑了。

整整两天她基本上都在睡，到现在精神总算是恢复了一些。趁着季辞东去倒水的空隙，她自己从床上撑坐了起来。

她摸了摸嘴角的伤痕，还有些刺痛。

季辞东回来看见，忙坐在她的床边拉住她的手："不要碰，小心感染。"下一秒樊浅就伸手搂住了他的腰，用了不小的力。

季辞东僵了一下，这似乎是樊浅第一次主动搂他。

她说："谢谢。"谢谢你救了我，也谢谢你一直在身边。她跟何洪秋老师、跟曾云帆，甚至跟来做调查的警察谈论起她被带走的那段时间所遭受的一切，她尽量说得很详细，却唯独没有特地跟季辞东说过。

她知道他都有在听，但也从来不和她谈论。

两人就这样在黑暗里沉默着拥抱许久，季辞东问她："还要睡会儿吗？我陪你。"

樊浅埋在他胸前点点头。

季辞东小心翼翼避开她身上的伤口，拥着她躺在床上。

"季辞东。"

"嗯。"

"年副刚说他把冯秀芸送到了你面前，你有没有那么一刻……"刚说到这里，季辞东的唇就抵在了樊浅的唇上，让她不要说话，因为她唇上还有伤。

"我已经给她买了回美国的机票。"他没有再继续说，更没有向她交代自己在逼问冯秀芸的时候，冯秀芸甚至脱了衣服勾引他这一状况。

告诉她有什么用呢？

反正都是无关紧要的事情。

这天正午，季辞东回调查组处理事情去了，走的时候让石头过来陪樊浅。

一个上午就在石头不断的耍宝当中悄然过去，午饭的时候，穿着白大褂的曾云帆才提着食盒走了进来。

樊浅笑着问他："不忙吗？"

真的住进了他家的医院，才知道他究竟有多忙。熬夜通宵做手术很正常，手机二十四小时随时待命。和他们不同，他们抓人，而曾云帆救人。

她都有些愧疚，他以前还经常抽空去看自己，她却甚少关心他的生活。

曾云帆把食盒放在旁边的桌子上："趁热喝，特地让家里的阿姨做好送过来的，对你的身体有好处。"

樊浅抿了抿唇："谢谢。"

曾云帆笑了一下回答："跟我不用说这个。"然后就接着回去工作了。

石头在一旁看得是心惊胆战，心说老大遇到的可是强敌啊。他正天马行空呢，樊浅问他："你知不知道年副刚的消息？"

"和苗彩姗一起跑了啊。"石头脱口而出，说出口之后才想给自己一大嘴巴子，这樊浅不知道，明显是老大特意瞒着她，他多什么嘴啊！

"苗彩姗？"樊浅惊讶得不是一星半点，"她不是早就被抓了吗？"就当时为了查清唐小雨几个人的死和截断她那条贩毒线，耗费了不少人力。

石头左右为难，顶着樊浅的视线最后还是硬着头皮说："跑了，在押解的路上。"

说到这里，他就有些收不住脚了："就是在你被年副刚带走的第二天傍晚，来了好些人接应。不仅带走了苗彩姗，还用枪打伤了三名警察。"

樊浅彻底没话了。

她都不敢想象季辞东当时是顶着多大的压力，犯人被如此高调地弄走，他不仅在强压下救了她，还在医院里陪了她整整两天时间。

现在苗彩姗和年副刚都跑了，不难猜测，年副刚绑了她其实是有转移警方注意力的嫌疑。

现在毒品线断了，人也跑了。

季辞东估计都忙疯了吧。

即使这样，当天晚上很晚之后，他还是来到了樊浅的身边。

她正在看书，关于心理健康的。旁边的一盏台灯散发着橙黄的光线，照得光下的人安静得动人心神。

他上前抽走她手里的书："不要看得这么晚，很伤眼睛。"

樊浅往旁边挪了挪，她像是已经习惯了这个人在身边的感觉。等到他坐下之后，她跟他提了一下石头白天跟她说的事情。

季辞东对她知道这件事没表现出什么疑问，他只是亲亲她的额头："放心，有人跟着，你只要好好休息，剩下的都是我的事情。"

他的目光流连过她露在外面的手腕上那些隐隐的伤痕，似乎还能感受到，找到她那一瞬间，他心口的刺痛。

那样的画面，他最近这段时间只要一想起来，就心悸不已。

……

樊浅挨着他，隔了很久之后突然说："我想要洗头。"

季辞东惊讶于她如此跳跃的思维，回过神本想阻止她，她身上的伤很多不能沾水。但对上她仰头看着自己的眼睛，他最后点点头说："等会儿，我给你洗。"

泡沫抹在发梢，他的手穿梭在她柔顺的发间。樊浅横躺在床上，闭着眼任由季辞东将水不断地撩起再浇到她的头上。

周围都没有声音，只有静逸空间里偶尔响起的点点声响。

他最近几天待她太过温柔，任何动作都有些小心翼翼。洗个头，整整用了将近一个小时。

让她在床上端正坐好，他才拿着吹风机开始给她吹头发。

"季辞东。"

"怎么了?"

"你要是不做这个职业,你打算干什么?"

等了很久都没听到回答,樊浅睁开眼睛看他,他竟然真的在思考这个问题。

手上的动作不停,他最后说:"不知道。"

樊浅愣了两秒之后就笑了,的确,他似乎生来就是为了做这个的,不再是警察的季辞东或许是任何一个行业的普通人,但因为他是个警察,让她相信,总有一种人,因为正义而存在。

他放下了手里的吹风机,看着她的眼睛里有些抱歉和心疼:"明天晚上,我不能过来了,苗彩姗和年副刚等人已经一路南下,我明天要……"

她搂住他的脖子亲了上去。

……

第六章
YINGSU
WENSHEN

罂 粟 文 身

1

季辞东离开温市的当天是早上,天气晴。医院一如往昔,楼下花园里有早起晒太阳的住院病人,路边的长椅上是交谈着的医生和家属。

小孩儿偶尔嬉闹着穿过草坪,樊浅站在窗边打电话。

"到哪儿了?"

"还在火车上,你在干什么?身体好点没有?"听筒里季辞东的声音听起来比平常低,周围有些嘈杂和轰鸣。樊浅大概能猜到他斜靠在火车走道上,低着头和自己打电话的样子。

她微微扬起嘴角:"很好啊,正在想你。"

……半天都没有回音。

很久之后，他才回了一句："嗯，我也在想你。"

樊浅拽紧手里的电话，体会了一把什么叫刚刚分开就开始想念的滋味。她听见他那边应该是路过的同事和他打招呼："老大，和嫂子打电话呢？笑得这么温柔。"

她听见他回了一声"嗯"。

樊浅轻声说："自己小心一点，等你回来。"

……

季辞东挂了电话，手机屏幕上是樊浅的照片。那是前一天晚上趁她睡着的时候拍的，安静的侧颜，长长的睫毛投下细小的剪影。

他盯着看了许久，最后将手机放在了左边的上衣口袋里。

五个小时之后，火车抵达边境。

接待季辞东一行人的是此次协助打击跨境刑事贩毒案的赵德光，现任中越边境中国区的负责人，四十三岁，中等身材。

相互做了简单的寒暄，赵德光一脸严肃地说："根据我们一路追踪得回的信息，年副刚和苗彩姗将乘坐明天晚上六点的火车出镜，目前两人还在国内，没有具体定位。"

一行人最后决定，在赵德光安排的地方先准备着，明天再开始行动。

"幽灵有消息吗？"季辞东边走边问。

赵德光对于幽灵的问题明显一愣，毕竟那个人太过神秘，调查得回的信息他也只是参与，并非这次贩毒集团的主要策划人。

他说:"没有,不过我们申请了越南警方的配合,查到了这个贩毒集团的主要核心人物。"说到这里,对于调查这么久的案件终于有了眉目,所有人都有些兴奋。

Ursus(乌尔苏斯),缅甸人。在东南亚一带是出了名的狠角色,常年游走在缅甸、老挝、越南等边境地区。主要靠贩毒牟取暴利,作案无数,却从来没被警方拿到过真人照片。

而赵德光所拿出的几张照片里,难得有两张这个大毒枭的正脸照。是个光头,也就三十几岁的样子,很高很瘦,三角眼,有着常年走在犯罪路上特有的狠厉气息。

……

另一边的樊浅自从季辞东挂断电话之后就一直未出病房,石头不见踪影,反倒是曾云帆一个上午就来了好几次,中午也准时准点地拎着食盒出现了。

"今天怎么这么闲?"樊浅问他。

他帮她把吃饭的小桌子从床上弄起来,笑着说:"刚好今天病人不多。"

樊浅拿过他递来的勺子,舀了一匙煮得特别黏稠的粥,一入口她就知道这铁定是曾云帆亲手熬的,她正打算说什么,"叮"的一声,曾云帆随手放在她床边的手机响了。

她漫不经心地扫过去一眼,却在看到短信内容时怔住了——

季辞东上钩了。

就这短短六个字，如兜头一盆凉水，瞬间让樊浅从头冷到脚。她不敢置信地看向一旁的曾云帆，他的视线同样看着短信，久久没有动作。

樊浅慌乱地拿出自己的手机，拨通了季辞东的电话。

"对不起，您所拨打的电话暂时无法接通。"

……

一遍又一遍，听筒里不断传来的机械女声让樊浅无力地垂下拿着手机的右手，一时心乱如麻。

她没有质问曾云帆为什么会收到那样的短信，那是她相处十多年的师兄，她下意识里不愿也不想怀疑他。

曾云帆也始终没有出声，站在一旁无声地看着樊浅。

直到她掀开被子，曾云帆准备拉她手的动作一转，按在了她的被子上。他皱着眉说："小樊，你干什么？你身上有伤。"

樊浅看着曾云帆按在被子上的手，眼眶一热。这个人真是无时无刻不把她的感受放在第一位，小心谨慎，容忍她所有的敏感。

"他可能会有危险。"樊浅对着曾云帆的眼睛只说了这一句话。

很久很久，他终于慢慢松开了自己的手。

……

樊浅在整理行李的时候顺便给石头打了个电话。

"姐，怎么了？是不是老大没在身边太无聊？"他大概是在啃苹果，声音含混不清。

樊浅没有时间和他废话，穿衣服的动作不停："季辞东联系你了吗？"

"没啊，我打了两次没通，估计信号不好吧。"

对这个回答她没什么意外。

为了方便行动，她选了件硬质的黑皮短上衣，晃神间金属袖口无意擦中了手腕一处开裂红肿的伤口，疼得她忍不住深吸了一口气。

她缓了缓："我现在得去找他，你把他最后一次报告的具体位置发给我。"

那边传来"咚"的一声。

下一秒，石头惊叫："姐！老大会杀了我的！"

……

当天凌晨三点，樊浅背着一个黑色背包，到达了季辞东所在的边境小城，旁边站着的，是一脸生无可恋的石头。

他悄声和樊浅说："姐，你等会儿要是见着老大，千万要强调是你自己非要来的，我都拦了你好几次，是你自己不听我的劝。"

樊浅没搭理他。

两人面前的是一栋两层楼的白色房子，有些老旧，位置隐蔽。在一排差不多高矮的楼房中间毫不起眼，但樊浅清楚地知道，此刻季辞东就在里面。

知道他没事的时候，她和石头已经在火车上了。

原来他们一行人当时出去打探行动路线去了，集体手机关机。但由于曾云帆手机上那条莫名出现的短信，她并没有回头的打算，甚至特地让石头瞒着季辞东，她已经跑来的消息。

她想要在他身边，任何时刻。

但直到此刻站在这里，她才忽然有点心虚。

来给他们开门的正是老赵，赵德光。

老赵披着外衣，上上下下打量了他们很久，最后对着樊浅说："你就是季警官的媳妇儿吧，叫……樊浅？"

乍一听这么朴实的说法，樊浅愣是不知该作何反应，最后红着脸说："赵队你好，我是调查组的特聘法医樊浅，之前出了点儿小状况，现在正式归队。"

老赵了然于心，笑着摆手说："季警官在二楼，应该还没睡。"

樊浅："……"

石头在一边憋笑憋得厉害，在被樊浅瞪了一眼之后捂了捂胸口说："我重伤未愈，先去休息了。"然后逃也似的离开了，留下樊浅一个人无语地站在房子中央。

最后，她紧了紧肩膀上的背带，深吸一口气往楼上走去。

……

房间的灯没有关，他似乎是睡着了，左手撑着脑袋双眸紧闭。

樊浅轻轻地推开房门。

"老赵，你这大半夜的不睡觉，跑到我这里来做什么？"他的声音有些哑，眼睛都没有睁开，毫无防备的样子。

樊浅的心跟着软了下来，他似乎很累的样子，不然不可能分不出男女不同的脚步声。

她正考虑要不要先打声招呼，对面的季辞东骤然睁开双眼。那压迫感十足，极具震慑力的眼神吓了樊浅一跳。

她最后挥了挥手，"Hi"了一声，连她自己都觉得那样子傻透了。

季辞东的反应有些奇怪。

他先是在位置上愣了大约半分钟的时间，最后走到樊浅的跟前。他摸了摸她的脸，然后脸唰地黑了下来。

"我是不是太久没骂过你，所以我的话你都当成耳旁风了？"他的话几乎是贴着她的脸说的，严肃着一张脸，跟樊浅最开始遇见的他一个德行。

樊浅张了张嘴，愣是一个字都没有说出来。

季辞东直起身，看着她的眼睛说："我走之前怎么跟你说的？这不到一天的时间你跑得这么远，看来你是嫌自己伤得太轻是吧？"

樊浅低声回："都是皮外伤。"

季辞东被气得不轻，合着就他心疼？没心没肺的家伙。

她佯装镇定地说："我来是有工作汇报。"

他咬牙："说！"

樊浅却在下一秒倏地搂住他的腰，脸埋在他胸前也不说话。

季辞东看着她的发旋，沉默半晌，深吸了口气把人搂紧。在她放松下来之后，他把人打横抱起走进了卧室。

很简单的环境，除了一张床就只有一张很小的木桌，季辞东小心翼翼地把人放在床上，拉过被子替她盖上之后才问："带药了吗？"

樊浅点点头,在季辞东转身之后翘了翘嘴角,知道这一关算是过了。

半个小时后,季辞东找老赵大半夜不知从哪儿弄来了体温计,给樊浅量了一下,发现还有些低烧,顿时脸色就不太好。

樊浅此时乖乖的,没说话。

他接来热水,手心一大把花花绿绿的药丸递到她嘴边让她吃。

樊浅皱了皱鼻子:"太多了,吞不下。"

他耐心地拿起其中一颗胶囊再次喂给她。

樊浅笑:"太大了,会卡在喉咙下不去。"

季辞东深深地看她一眼,把胶囊扔进自己嘴里再喝了一口水朝她俯了下来。

水一点一点渡给她,渐渐地,有些变了味道。

樊浅在晕晕乎乎中,突然尝到了一种极其苦涩的味道,充斥了她的整个口腔。胶囊的外壳融化,破了。樊浅不断推拒着季辞东,结果他牢牢地抓着她,直至所有药粒彻底被她吞入腹中。

樊浅爬起来,抓过他手里的水杯一饮而尽,脸皱成一团,抱怨着:"好苦啊。"

季辞东笑着敲她的脑门:"你还嫌苦,你大半夜跑来的时候就没想到自己的身体承受不住?"

闹了好半天,总算把所有的药都吃完了。

睡觉的时候,季辞东半躺在床头,占了很小的位置。樊浅也收起了玩笑的心思，一脸严肃地和他提起曾云帆手机上的短信。

季辞东问："曾云帆的反应是什么？"

"这件事跟师兄应该没关系。"樊浅皱起眉。知道季辞东的行程，明目张胆地发短信直指曾云帆有嫌疑，如此张狂却又神秘谨慎的作为，和他们一路走来的那个幕后人何其相像……

季辞东看着怀里的人叹气。

他和曾云帆接触不多，但那条短信的确和曾云帆没什么关系。短信的内容太过直白，又恰巧出现在樊浅在的时候。直觉告诉他，不是他上钩了，背后的人真正等待上钩的恰恰是樊浅。

故意把她引来，那个人的目的何在？

黑暗里，季辞东吻了吻她的发顶说："笨蛋。"背后的人就是抓住了她担心则乱的这一点，结果她还是傻兮兮地跑来了。

他搂紧她。

既然来了就乖乖待在他的视线里吧，那些试图伤害她的，他一个也不会放过。

樊浅不明就里，在他身边迷迷糊糊地睡了过去。

因为樊浅和石头都还算是伤员，被命令在房间休息。

临到早上六点的时候，传回的消息是他们并没有蹲守到年副刚和苗彩姗的踪影，显然，他们已经成功混入了开往越南境内的火车。

樊浅被安排在了六车厢，一个单独的包厢，四个床位都是空的。隔壁就是季辞东和石头他们。季辞东把她的行李放在她的床上，叮嘱:"火车预计会开很长时间,中间有两个小时的安检,你就好好睡,外面的事情有我。"

樊浅笑着答应了,她来了其实跟在温市也没什么差别,季辞东顾忌她的伤,除了让她睡还是睡。

傍晚六点半左右,火车从远山中间奔驰而过,树林和青草随风摇摆,巨大的轰鸣声,打破了山川间的沉寂。

樊浅睡在小床上翻来覆去,身上的伤口都在结痂,灼热又很痒,扰得她难以入眠。

索性不睡了,她穿上外套去了洗手间。

洗手间一共有两个,其中一间门被关上了。她正准备推开旁边一扇的时候,里面的人走了出来。

是个女人,她戴着头巾包裹住全脸,撞到了樊浅也没有说一句抱歉,匆匆就低着头过去了。

樊浅奇怪地看她两眼,也没有特别在意。

樊浅最后从洗手间出来的时候,隔壁的车厢传来了尖叫,还伴随着人群慌乱的推搡和拥挤,她快速跑了过去。

刚好在过道撞见同样出来的季辞东等人。

他们对视了一眼,季辞东拉着她往出事的地方凑去。

当两人挤到人群前面的时候,发现一个二十几岁的男子倒在车厢的角落里,已经呈昏迷状态。

樊浅正待具体查看,却被车上突然出现的自称是越南武警的一干人所阻止。季辞东拉住樊浅的胳膊,回了他们所在的包厢。

季辞东拉着她坐在自己的床沿上。

樊浅皱着眉说:"刚刚那个男的瞳孔放大,意识不清,体温异于常人,耳朵已经隐约有血流出。"她看着季辞东,"不出意外,他应该是安非他命中毒,而且剂量不小。"

所有人沉默下来。

石头问:"中国人还是越南人?"

季辞东想也没想说:"越南人。他身高不高,皮肤微黑,尤其颧骨较为突出,周边似乎还有相熟的越南人。"

季辞东接着说:"现在情况很复杂,那个人究竟是因为什么原因导致毒品中毒,是死是活现在还不清楚。我们立场不同,也无权干预此事。火车要不了多久就会开始进行入境的安检,必然会引来大规模的搜查,我们此行也必然会暴露。"

樊浅皱眉:"有解决办法吗?"

季辞东沉吟了一阵,看着她说:"我们或许需要一名律师。"

……

果然,季辞东没有猜错。火车刚入关就被迫停了下来,好在搜查开始之前,受到委托坐飞机赶来的杜伯萧已经提前到达。

跟着他来的,还有一个意料之外的人,曾云帆。

曾云帆一身黑色西装,和平常穿惯的白大褂感觉不同。他走近樊浅,皱着眉问:"你没事吧?"

樊浅完全在状况外："我没事啊。"

她不知道的是，她走后的第二天，曾云帆就又收到了一条短信，内容是：你不阻止她吗？她会出事的，在你所看不到的地方。

发件人是同一个号码。

他当场砸了手机，明明知道短信内容未必是真的，却又止不住担心。

杜伯萧解释说："当时我们都在一个学术讨论会上，我接到你们消息的时候，刚好云帆也在，他不放心，就跟着来了。"

……

好在杜伯萧的到来解决了不少麻烦，不仅免于不必要的搜查和纠纷，还争取到了那个昏迷的越南人事件的案件跟踪。但人目前被送去了医院，消息起码也得等到明天过后。

所有人被困在火车上无法走动，晚餐是在季辞东他们包厢解决的。火车上的东西不仅贵而且难吃，樊浅随便吃了点就算打发了。

回到自己包厢的时候，不过过去了短短半个小时。

她推开门，床头上赫然放着一束非常大的包装精美的花儿。樊浅暗自失笑，这季辞东也不知哪里学来的这些花样。

她走上前，伸手即将触到花束的时候，猛然倒退。

她脸色瞬间惨白，心惊得从脊背一路凉到脚后跟。

……

"季辞东。"她叫他，都没发现自己的声音颤抖得不成样子，而她身后拿着药随之而来的季辞东一把揽过她的肩。

"怎么回事?"他声音很轻,眸色却很冷。

樊浅直指不远处的那束花。

她是法医,见惯残肢遗骸,一眼就认出了那束花中间的那只胳膊,是真的,鲜血淋漓,从臂膀处直接被截断,横放在一堆艳丽的红色玫瑰中央,像是某种祭奠的仪式。

而真正令樊浅感到战栗的,不是这看起来令人作呕的画面,而是那旁边放着的一张浅蓝色绘纸。

上面写着:是这只手伤害了你吧,亲爱的,这是给你的小小补偿,不成敬意。

那张纸有着最纯净和忧郁的颜色,而右下角,从那一方小小黑土的区域里用铅笔简单勾勒着几株最澄澈,晶莹剔透的死亡之花,水晶兰。

他,再次出现了。

他不再是刻意制造欧坤暗房的那个幕后黑手,不再以故意泄露案件信息等手段来博取关注和专门挑衅的神秘人。这次,他借着年副刚的一只手,彻底站到了樊浅面前。

2

看着那张在花束间毫不起眼的薄纸,有什么东西一下子撞进了樊浅的脑海,她神色痛苦地慢慢蹲了下去。

脑海中不断闪现的画面,是从桌角飘摇而下的那抹蓝色,是父母倒在血泊里伸向自己的无助的双手,是耳边哒哒哒不断靠近的脚步,是那双在黑夜里一直注视着的眼睛。

走马观花,纷繁复杂。

她的头很痛,痛得如同针扎一般。

有双手抱住了她的头,不断呼唤她的名字。那个声音她很熟悉,是季辞东。

但是太远了,远得像是在走不到底的尽头。

……

"啪!"季辞东一巴掌打在了樊浅的脸上。直到她眼中有大滴大滴的眼泪开始滴落,季辞东才猛地将人拉进怀里。

她的样子吓坏了他。

那不是他们初遇不久时,她被一个小混混桎梏所表现的简单反感和生理上的不适。她的眼神太空洞了,他如果没有打这一巴掌,他担心她会缩回何洪秋夫妇当初刚把她带回家的那段时光里,她自认为安全的那个壳子。

甚至再也脱离不出来。

她的双手紧紧地拽住了季辞东的衣领,不断地摇头:"不对,季辞东,不对……他见过我的,他分明看见我了。"

她语无伦次着,季辞东不断抚着她的后背,将嘴唇贴在她的头顶:"好好,我知道,我知道,宝贝儿,你先冷静下来。"

这世间情人之间最俗不可耐的称谓,在季辞东这样的男人嘴里脱口而出。

好在，他的安抚起了作用。

季辞东把整个混乱的情况交给了听到动静前来查看的石头，带着樊浅去了他自己的包厢，顺手锁上了门。

被关在门外的石头简直目瞪口呆。

老大刚刚是对樊浅家暴了吗？打了人又把人抱在怀里？

渣男啊！

直到他看清樊浅床头的那束花，一声卧槽愣是被后面跟来站在门口的曾云帆和杜伯萧等人堵在了喉咙里。

所有人的眉头都皱了起来。

此时的樊浅终于能冷静地趴在季辞东的胸口。

他的手里还拿着那张浅蓝色的纸，亲了亲她的发顶才问："你确定当年案发的那天你真的见过和这个一模一样的东西吗？"

樊浅点点头，简简单单的笔墨，像是随手勾勒而成的浅淡的灰，她不会记错的。她突然抬头望着他："有什么发现吗？"

季辞东随手将东西扔在了床头的窗台上，扯着嘴角说了一句："不用什么发现，这个人是幽灵。"

樊浅整个人一僵。

季辞东安抚性地拍了拍她的后背："知道幽灵的称号怎么来的吗？就是因为这卡片上面的那几枝花，水晶兰又叫幽灵草，这个人常年活跃在靠毒品牟暴利的圈子，但是行踪和身份一直成谜。据说他与人合作之前都会先赠送这样一张亲手画有水晶兰的花的蓝色邀请函，久而久之，幽灵这个称号就由此而来了。"

很矛盾的喜好，活在阴沟却向往水蓝色的纯净和美好。

樊浅很久都没有说话。

她从来不曾以为自己忘记过什么东西，她记得当年出事前一天母亲带她去过的菜市场，记得父亲买给她的小玩具。她也记得自己在案发现场被人带走，记得医院里冰凉的白墙。

但她确实忘了。

她忘了自己不是躲起来或是被父母藏起来才躲过那场浩劫。所有人理所应当地认为她是那个幸存者，连她自己都是那样以为的。

而事实，是那个人，放了她。

是凶手，放了她。

季辞东起身从卫生间里拧干湿冷的帕子，敷在樊浅已经开始微微肿起的脸颊上。那一巴掌究竟用了多少力，季辞东比谁都清楚。

她刚弄得满身伤，经受了一场精神上的折磨。

现在又再次牵涉十九年前的案子，他本就担心如此密度的心理压力会对她造成伤害，结果，他却成了亲手伤害她的那个人。

樊浅任由季辞东替自己敷脸，隔了一会儿，樊浅伸手抚平他眉间的褶皱，扬起嘴角说："怎么？打了我开始心疼了？"

她笑得一脸没心没肺，却着实让季辞东狠狠心疼了一把。

他低头蹭着她的鼻尖："还想挨一巴掌？"说完就把人从床上

捞起来，让她靠着自己。

樊浅半晌都没有回应。

……

野外的田野中传来蛙鸣，樊浅的声音在这个静逸的空间里缓缓响起："我的父亲是个民间医生，自己开了个小医馆。母亲是个数学老师，和全天下的母亲一样喜欢唠唠叨叨……我是在自己长大后回头去查，才知道当年一共有四个家庭遭受到了这样的打击……凶手戴着面具，手里拿着一把带血的大铁锤……"

她断断续续地说着她能想起来的所有记忆，季辞东除了搂紧她并没有加以阻止。

她的话还在继续："我缩在桌子底下，他拖着那把大铁锤，一步一步……季辞东……"说到这里，她突然仰头看着他，她说，"凶手……好像是个跛子。"

季辞东皱眉："你确定？"

樊浅不太确定地摇头，她那时太小了，万一他只是当时脚受伤了呢。

季辞东抓着她的肩膀，看着她的眼睛说："我查过当年的案子，档案里并没有有关幽灵的任何线索。樊浅，从现在开始，你要记住我说的每一句话。第一，不要跟任何人提起当年是凶手故意放过你的事情；第二，关于你在案发现场发现过带有幽灵痕迹的东西，甚至怀疑凶手是个跛子的所有猜测，不要告诉除了我以外的第二个人；第三，从这一刻起，不要离开我的视线。"

贩毒头目乌尔苏斯已经出现，年副刚不知生死，而幽灵却在这个时候公然挑衅，甚至留下带有自己标志性的东西。他现在，应该不知在哪个阴暗角落里得意地笑吧。

此时已经是凌晨五点，从玻璃窗往外看，远处的天边已经隐隐泛白，群山在微弱的光线下显现出隐隐的轮廓来。

两人都是一夜未眠。

并肩走出门口的时候，才发现何止他们俩，所有人都站在过道里。

听到动静，曾云帆第一个走上前来："还好吗？"问的是樊浅。

樊浅点点头，曾云帆本该在医院里安稳地做他的院长，却因为她，被莫名其妙地卷进这乱七八糟的事情当中。

这时另外的几个人都围了上来。

石头慌里慌张地问："樊姐，到底是怎么回事啊，我联系海关我们自己人来做的鉴定，说那胳膊是年副刚的。"

杜伯萧在一旁接话："会不会是乌尔苏斯干的？年副刚洗黑钱已经曝光，对他来说丝毫没有利用的价值。"说到这里，他自己都住嘴了，乌尔苏斯现在跑都来不及，谁会像个傻子一样还专门跑来给他们送份大礼。

季辞东和樊浅默契地没有给出幽灵的线索。

现在想想，似乎所有的人都在这个时候因为各种原因聚集到了这里，曾云帆、石头、杜伯萧和樊浅，似乎都是因为一些不可控的原因来到了这里。

是巧合吗？还是幽灵就在其中？

这时，老赵突然从车厢的另一头跑了进来。他喊："哎哎，快走，乌尔苏斯出现了！"原来乌尔苏斯一直都在火车上，那个被送进医院的昏迷的男人也被查出是因为身体藏毒包装破裂才中的毒，所幸人救了回来。

这乌尔苏斯的计划应该是乘火车直达越南河内，结果火车被迫停运接受检查，他担心行踪暴露，又担心医院的那个男人清醒过来，所以铤而走险。

"现在人在哪儿？"季辞东问。

老赵说："昨天晚上他下了火车直接抢劫了一辆巴士，监控方向应该是开往沙巴。但由于天黑，警方刚刚才接到消息。"

不能等火车继续前进，一行人在越南警方的配合下直接找来两辆面包车跟着追了上去。

……

沙巴是距离中国最近的欧风小镇，位于越南北部山区，是越南乃至东南亚地势最高的地方，最高海拔 2100 米左右。

去往河内的路线已经设下了重重关卡，所以沙巴就会成为乌尔苏斯必须停下的地方。但这个地方层层展开的梯田，一望无际的热带雨林都将会成为他逃亡的最佳路线。

给季辞东一行人开车的是个皮肤黝黑的越南人，好在老赵能听懂他的话。

临近中午，他们找到了乌尔苏斯丢弃的大巴。

大巴停在大马路边，毫无遮掩。

给他们开车的大叔说这里以前是居民楼，因为修建旅游区已经规划在拆迁范围内，很久都没有人居住了。

季辞东带着人从狭窄的巷道中摸上了二楼。

十分钟后，他打开楼上的窗子，冲楼下的人打手势，表示危机解除之后，曾云帆等都留在车里，樊浅决定上楼看看。

简易的小楼，空气中木料的腐气和潮湿的确显示出长久未住人的迹象。

但乌尔苏斯的确来过。

木板上带着污水的脚印，地上被打翻的抽屉，散乱的杂物。这一切不仅证明他来过，而且离开得很匆忙。

季辞东说："乌尔苏斯不惜被追到的危险也要跑来这个地方。"他蹲下身，手指碾过抽屉的底部，"看来这里，之前应该有不少存货。"

樊浅知道他指的是毒品。

她绕着屋里走了一遭，到季辞东身边的时候被他拉住了胳膊。她顺着他的视线从窗口往楼下望去，石头正站在车边抽烟，杜伯萧拿着资料在车里翻看，曾云帆正在补眠，还有赵德光等一干临时赶来的随警。

乌尔苏斯露面，他们的行动也不再隐蔽。身边的人越聚越多，而幽灵就算不在现场，也必然有他的"眼睛"。

樊浅明白他的担心，说："我知道。"

小心行事，注意身边的每一个人。

"等等。"就在所有人准备撤离的时候，樊浅突然出声。

她上前从一堆杂物里拿出了一条头巾，颜色艳丽，颇具东南亚风情。樊浅见过这条头巾，就是昨天晚上，她在火车卫生间撞见的那个女人。

头上包裹的头巾和她手上的这条，一模一样。

她没有看见那女人的脸，但是那个身形……

"是苗彩姗！"她脱口而出。

按理说，苗彩姗和年副刚本是一同南下，但是年副刚却被人卸了胳膊不知所终，而她，却出现在了乌尔苏斯的身边。

……

3

下午的时候，警方开始拿着乌尔苏斯和苗彩姗的照片挨家挨户地排查。樊浅被季辞东勒令在越南警方安排的住所里休息。

地方很安全，是一栋独立的，非常具有欧式特色的建筑，外面有人把守。

碎花的清新窗帘，阳台盛放着不知名的花，楼下有许多穿着民族服饰来往的男女。这一瞬间，樊浅终于有种不愧是避暑胜地的旅游景区的感慨。

季辞东出去了。

有人在敲门，是曾云帆。

"师兄？先进来。"樊浅打开门，给他倒了一杯水才在沙发上坐下。

曾云帆笑着接过，说："杜律师在国内还有要事，我打算明天和他一起回国。"然后他又深深地看她一眼，"小樊……我不知道你们到底在查什么事情，但是现在连我都能收到一些针对你的奇怪的短信，我还是那句话，自己做事小心一点。"

樊浅一时不知该怎么接话。

他本来就是因为担心她才来的，他不同于刑警，却还是冒着危险跑来了。后又因为突发情况导致路线的改变，才不得不跟着他们到了沙巴。

曾云帆突然站起来张开双臂，看着她说："小樊，我能抱抱你吗？"

樊浅一时没有反应过来，他接着说："如果你觉得难受就算了，没有关系。"

樊浅主动靠了上去。

曾云帆笑了，摸了摸她的头发，轻声说："谢谢。"

樊浅眼眶有些湿润，她突然发现师母的话未必不是真的，只是她从没有用心去感受和发现。

而现在，她的心里早已经住了一个无法放手的人。

她只能在心里默默地说，对不起。

季辞东回来的时候,樊浅正在整理带来的行李。他的额头上都是细密的汗珠,樊浅给了他一张纸巾问:"怎么样?有消息了吗?"

他摇头:"还没有,不过不用担心。沙巴地方不大,街上到处都是警察,逼他出来只是迟早的问题。"说完就丢了外套,扔下一句,"我先洗个澡。"然后进了洗手间。

樊浅:"……"她记得他的房间明明就在对面啊。

浴室里哗哗的水声传来,樊浅有些坐立不安。

短短十分钟,他就已经围着浴巾出来了。裸露着上身,水珠沿着发梢顺着胸膛一路滴下,樊浅红着脸转过头不看他。

季辞东扬了扬眉,自觉去对面换了身衣服才回到她旁边。

"难道我身材不好?"他故意凑近她问。

樊浅耳朵都红了,转移话题:"师兄和杜伯萧明天都要回国了。"

"我知道。"季辞东拿毛巾擦着湿漉漉的头发,看了樊浅一会儿才问,"怎么?舍不得?"那语气里怪怪的味道连樊浅都听出来了。

她笑着说:"嗯,有点。"

季辞东敲她脑袋:"德行!胆子越来越大了是吧?"

他把毛巾递给她,樊浅自觉地拿起来给他擦头发,故意把毛巾全部展开,兜头蒙住他的脸一通乱揉,然后自己先笑出声来。

难得看她那么开心,还带些孩子气。季辞东任由她动作。

过了好一阵,他才问:"你就没有怀疑过曾云帆就是幽灵?"

所有人中，只有他到来的理由显得牵强，而他刚出现不久，那束花就被放在了樊浅的房间。何况，谁能保证一个人会因为爱而不得做出什么……

"不可能。"樊浅想都没想就直接否定了这种猜测，"师兄不是那种人。"

季辞东没说话。

樊浅以为他不信，继续说："这么说来，杜伯萧的嫌疑也很大，还有老赵、石头，甚至在场的所有人虽然都有理由，但也不能排除嫌疑，师兄他向来只懂手术刀，虽然看起来很好相处……"

"樊浅。"季辞东打断她。

樊浅看过去才发现他的眼神有些危险，他压低声音说："你知不知道在自己男朋友面前如此维护另一个男人，会带来什么后果？"

樊浅："……"

她啪地把毛巾往他头上一扔，逃也似的退了好几步远。

季辞东作势要抓她。

樊浅不断闪躲，笑声沿着窗台传出，惊起了在阳台盆栽上筑巢的小鸟。落日的余晖浓墨重彩，洒得满地都是闲暇的时光。

……

第二天一大早，曾云帆和杜伯萧外加两个现场鉴定专家、一个鉴证科同事，与所有人道别，乘车去往车站。

樊浅站在路口目送车子走远，掉转头才发现季辞东斜靠在楼道口的位置，他双手抱于胸前，似乎是在等她。

樊浅笑了一下，走上前挎住他的胳膊。

"走吧，男朋友。"她说。

季辞东斜了她一眼，微微勾起了嘴角。

回到房间之后，樊浅一眼就发现了椅背上的那套衣服，黑白色的休闲装，一看就是季辞东昨天洗澡之后脱下的那套。

想着拿回去给他，走到门口却突然停了下来。她退回卫生间，把所有衣服都放进洗手盆里。洗衣液的清香，手上的白色泡沫，樊浅一边搓着衣服一边觉得生活中这样的琐碎小事情，只要和他有关，似乎都有幸福的味道。

季辞东进来的时候，阳台上随风飘扬的衣摆一下子就吸引了他的目光。

他看了眼正坐在沙发上看手机的樊浅，坐到她身边问："怎么沾水了？你的伤都没有好。"

"嗯，主要是你的衣服都馊掉了。"她头也没抬，皱皱鼻子做出嫌弃的样子。

季辞东有些好笑和无奈，这两天的樊浅时不时有些小女人的娇憨，说个话也跟故意气他似的。

季辞东把她的头发揉乱，再一点一点地帮她理顺。他静静陪着她，很久没有说话。

九点左右的样子，季辞东的手机响了起来。

是送杜伯萧等人去车站的石头，他的声音很着急，连旁边的樊浅都听到了。他喊："老大，乌尔苏斯和苗彩姗在车站！"

"看住了，我马上来！"季辞东挂了电话的瞬间人已经到了门口，突然发现樊浅跟在自己后面。

他停了下来，回头对她说："留在这里等我。"

樊浅还待说什么，季辞东就捞过她的脑袋，在她额头上亲了一口才说："乌尔苏斯敢冒险跑去车站就是抓住了人流大的特点，他随时都可能做出极端行为。现场场面一定很混乱，你留在这里不要随便给陌生人开门，有事情第一时间给我打电话。"

他这语气毫无商量的余地，说完已经一阵风似的跑下了楼。

吱——樊浅听到楼下车子紧急掉头的声音，她拉开窗帘，只看见车子消失在街角一闪而逝的影子。

季辞东到的时候，车站已经被包围起来，越南警方正在紧急疏散人群。

石头和老赵都在。

"人呢？"他问。

老赵的语气里有些无奈，他说："我们接到消息来的时候就没见过人，爆料人是个本地人，声称在八点半的时候看见过照片里的两个人进了车站。结果这边的警方直接把这里给围了，车子什么的也都走不了。"

"杜律师他们现在在哪儿？"

石头说:"他们五个人直接找了一辆货运的私家车,说是去老街那边直接出镜,刚走不到二十分钟。"

季辞东环顾四周,当天的天气不算热,但吵嚷混乱的空气里都是紧张和焦灼的因子。人流在警方严密的排查下一点点疏散开。

他拧紧眉问:"货运的私家车?带他们走的是什么人?"

老赵正疑惑他为什么这么问的时候,车站对面的巷子里突然跌跌撞撞冲出来一个大约五十多岁的男人,他的额头有条大口子,半边脸都被血染红。

老赵脸色大变。

他指着那个男人说:"那……那不是那辆车的车主吗?"老赵说当时是他一个人去联系的车,车主是做水果生意的,车主的儿子和儿媳妇也要去老街运货,所以最后一对男女把车开走他也没有特别在意。

很明显,乌尔苏斯和苗彩姗显然是乔装过后来了场偷梁换柱。

一旁的石头爆了粗口,紧跟着老赵和季辞东一个翻身跳上了车。

季辞东脸色不变,对着副驾驶的石头说:"下去!"

石头面色一红,梗着脖子回了一句:"报告老大,我的身体已经好了,请求参与行动!"他话音刚落,车子就已经如离弦的箭一般冲了出去。

……

另一边的樊浅也在季辞东他们追上去不久后,得到了消息。

从沙巴到老街只有一个小时的车程，这乌尔苏斯和苗彩姗一旦过境逃回国内就会很难抓捕。他们显然就是明白了这一点，而唯一能安全抵达老街的途径，就是同行的都是警方这边的自己人。

何况他刚从沙巴移走了存放的毒品，势必会想办法带走。

樊浅换了身衣服，让门外的守卫带着她赶去了现场。

……

季辞东在打电话："蓝色货运车，车上有毒品，拦截时务必以人质的安全为前提。"他刚挂了电话，石头就问："这乌尔苏斯怎么会知道曾医生他们今天回国呢？"

季辞东的双眸瞬间冷了下来。

自然是有人走漏了消息。

他们沿途追上去的时候，有一队警方已经从对面拦截了货车，不过40公里左右的路程，季辞东他们发现那辆货运车的时候，它正好停在中间路段。

而旁边，是一片望不到头的热带丛林。

车后面大约有一百米的距离都是紧急打转，刹车拖拽出来的痕迹，可见当时车上必然发生过激烈争执。

车头的碎玻璃碴落了一地。

扒开后车门，只见车内一片狼藉。有两个人是直接横躺在车厢的角落里，身上都是棍棒之类的伤口，昏迷不醒。最严重的，是律师杜伯萧。他仰躺在靠近门边的位置，腹部有一道利刃所致的伤口，潺潺的血不停地往外冒，位置底下已经是一大片血红。

季辞东查看现场，后面跟来一连串的警笛声。

他拔出枪："石头，马上通知医院务必把人救过来。老赵，跟我走！"

一行人快速沿着路边带有脚印的小道追进了密林。

樊浅赶来的时候，杜伯萧等人已经被送往医院。

石头拦着她："姐，你不能进去。"乌尔苏斯和苗彩姗的手上不止有枪，现在更是直接挟持走了曾云帆和另外一位鉴证科的同事。

正好这个时候，林中连续传来两声枪响。

樊浅和石头都是脸色一变，一时管不了那么多，提脚就往里跑了进去。

那两声枪响是季辞东开的。

他们一行人追至八百米开外，在一处峡谷的半山腰上狭路相逢。左面靠山，右面则是五十米高的峭壁，稀疏枝桠下是一条湍急的河流。

对面只有一个人。

季辞东举起枪："Ursus。"

对面的人穿着一身黑衣，他伸手摘下发套，慢条斯理地揭开脸上的胡子，露出和照片上一般无二的模样。他勾起了一个足够阴冷的笑："季警官，久仰大名。"中文还不错。

他突然冲身后叫了一声："Baby！"

苗彩姗的身影露了出来，已经不是当初人间天堂那个说话八面玲珑的女人，她穿着冲锋衣，对着季辞东一行人竖起中指。然后，她突然从旁边那处隐蔽的土拗中拉出一个人，对着他的大腿就是一刀。

一声惨叫，是鉴证科的小王。

季辞东的枪就是那个时候开的，朝天上。

乌尔苏斯笑得很得意，说："不要再跟着我们。"他指指身后，"我给那里的两个人注射了点东西，只要你们前进一步我就给他们一刀，直到……砰，看到没有，下面那条河，你们会连他们的尸骨都找不到。"

季辞东伸手拦住了准备冲上前的老赵。捏着枪的手用力到泛白，他挥手："全体人员退后！"

抬头对上乌尔苏斯的眼睛，季辞东勾起嘴角，用中文说："你最好能祈祷在天亮之前走出这片森林。"

……

樊浅他们追上去的时候，季辞东一行人全都站在一块空地上。

看到她的身影，季辞东瞪了一眼跟在樊浅后面的石头。

石头举起双手："老大，我错了。樊姐她要来我也拦不住啊！"

樊浅没管那么多，她拉着季辞东的衣袖确认他没受伤之后才问："现在情况怎么样？"

老赵一拳打在旁边的树干上。

季辞东反倒是看了看天边,说了一句:"要下雨了。"

……

4

沙巴的海拔本来就高,雨季一旦开始就连绵不绝。天渐渐暗了,下午四点左右的时候雨点开始滴落。

老赵带着一队人从山脚绕道,樊浅则跟着季辞东按沿路的痕迹追了上去。

雨下得不大,加上热带雨林的树木密集且高大,走在其中,除了偶尔沿着树叶缝隙滴落的雨水,就只有空气中枯木腐叶的潮湿气息。季辞东拉着樊浅的手,两人并肩前进,他间或替她打断路上的枝桠,间或提醒脚下的树藤。两人配合默契,速度倒是丝毫没有慢下来。

傍晚时,他们前后夹击,将人堵在了一处山坳。

三面环山,中间都是天然形成的梯田。老赵带着人堵在下方的出口,而回头路上也是一路追赶上来的季辞东等人。

他们已经是穷途末路。乌尔苏斯和苗彩姗都略显狼狈,一路被拖拽着并且注射过某种药物的曾云帆和鉴证科小王更是不知情况到底如何。

尤其是曾云帆,他看起来比大腿受伤的小王情况还要糟糕。一贯保持干净的人此刻满身都是泥水,他坐在地上,低着头,湿透刘海遮挡下露出的半张脸,看起来接近惨白。

"师兄!"樊浅隔着很远叫他。

没有回应。

苗彩姗拿刀架在小王的脖子上,而乌尔苏斯却一把将曾云帆从地上提了起来。

"Ursus!放下你手里的枪,你们已经无路可走了。"季辞东带着人一步一步朝着他们逼近。

自知插翅难飞的乌尔苏斯一脸狠厉,他一脚狠狠踢在曾云帆的肚子上。已经失去意识的人闷哼一声,曾云帆缓缓抬起头。

他黑色的眼珠慢慢聚焦,看到樊浅的时候居然还笑了一下。

"不要过来。"他的嗓子很哑,樊浅知道他是在对自己说。

淅淅沥沥的小雨还在不停地下,一旁的季辞东把樊浅拉到自己身后。

周围都是警察和枪,空气几乎凝结。

就在这个时候,由于季辞东吸引了绝大多数注意力,一直试图在背后慢慢靠近的老赵摸到了苗彩姗的身后。

就是这一刻,季辞东一个猛蹿,动作一闪人已经翻身在三米开外。

"砰!"

那颗射出的子弹准确地打入乌尔苏斯的手腕,乌尔苏斯的枪脱手的同时,另一边传来一声大叫。

"不要靠近他,曾云帆和他们是一伙的!"是刚被老赵救出推到警察堆中的小王。

樊浅脸色大变。

因为她看见曾云帆捡起了那把枪,对准的,正是朝他们飞跑而去的季辞东。

"不要!"

"砰!砰!"

两声枪响几乎同时响起,不过是短短一分钟的时间,樊浅像是从水里捞出的鱼,仿若在下一秒就会停止呼吸。

她跌坐在地上,看着季辞东所在的方向大口喘息,就在刚刚最后的一秒钟,曾云帆的枪掉转方向,不是用惯枪的人还是近距离打中了乌尔苏斯的肩膀。

而季辞东那本就对准 Ursus 的一枪,却打在了苗彩姗的腹部。

苗彩姗一点一点慢慢地倒下,露出了她身后乌尔苏斯的那张脸。

戏剧化的反转。

"Ursus,why?"苗彩姗出声问,已经倒在地上的她仰头望着面前的男人。为什么要在最后的一瞬间把她推出去挡子弹?

那个男人绝对足够冷酷,他甚至都没打算低头看她一眼。

他沉默地任由别人给他戴上手铐,眉间一片冰凉。苗彩姗瞬间就懂了,于他而言,她不过就是一个无关紧要的女人罢了。

就在他要被人带走的瞬间,苗彩姗艰难地撑起身,神色由悲戚慢慢转为决绝。她叫他："Ursus！"

直到乌尔苏斯回头看她，她才扯着嘴角说："你这么对我，就不怕我把你的老巢告诉警察？"

乌尔苏斯嘲弄地瞥了她一眼，张开薄唇："像你这种和年副刚那样的男人都有不正当关系的女人，你以为能威胁到我？"

苗彩姗因为他的话怔了一下，她双手捂住腹部，喘息着大咳了两声后笑着说："是吗？你还不知道吧……年副刚早就从幽灵那里知道了你老窝的具体位置……只要你被抓，咳……你自认为你还能东山再起吗？"

听到幽灵，乌尔苏斯刚刚还一脸镇定的表情开始以可见的速度迅速龟裂。他挣扎着朝地上的女人踢了过去。

苗彩姗大笑："既然你想让我死，那大家就都别让谁好过！"

……

这突然反转的一幕着实让现场的人都感到意外，不远处的季辞东走上来扶起樊浅，两人对视了一眼，看来这年副刚的失踪八成和幽灵脱不了关系。

樊浅看着乌尔苏斯盛怒的脸。这是一个阴冷的，利益胜过一切的男人。

大概也只有她，看见了苗彩姗在昏迷之前眼角的那滴泪。

苗彩姗应该是曾真心喜欢过这个男人，只是付错了心。年副刚哪会给警方透露什么消息？一个都被人断了胳膊不知还有没有活着的人。不过是她最后的自尊，是她能为自己的天真找到的最好的借口。

一切尘埃落定。

季辞东指挥着现场,樊浅赶忙上前去查看曾云帆的情况。刚走到曾云帆身边,他就一头朝她栽了下来。

樊浅这才发现他眼睑下垂,呼吸急促,身上的肌肉紧绷。

"季辞东!"她慌乱中叫来旁边的他。

"他好像是中毒了。"季辞东查看曾云帆的全身,发现他的脚踝处有一个很浅的伤口,"是蛇毒,先送医院!"

医院的走廊里,樊浅隔了老远都能听到季辞东手机里来自市局领导的咆哮。

"你这是怎么办事的?两个现场鉴定专家,一个鉴证科同事,一个市级律师外加一个医生全都进了医院……"

石头在一边听得直皱眉,挨着樊浅八卦:"你说这些领导一个两个什么都不会,就会打官腔,还不就是怕惹麻烦,也就老大能忍,是我早把电话扔出去了!"

手术室的灯还亮着,樊浅看向季辞东的方向。

他靠在墙壁上,低着头看不清情绪。不知和电话那头说了什么,他突然抬头往她的方向看了一眼,嘴里吐出的烟圈散在空气中,如墨的神色动人心魄。

这将又是一个不眠之夜。

好在天快亮的时候传来了不少不算坏的消息，此次伤得最狠的杜伯萧已经脱离危险，而被银环蛇咬伤的曾云帆也在打了抗毒血清之后稳定下来。

至于鉴证科小王指控曾云帆是同谋的消息，在曾云帆醒来的第一时间就得到了答案，他说："我知道乌尔苏斯那批从沙巴带走的毒品在哪儿。"

是他亲手藏的。

如何利用说话技巧击溃一个人的心理，作为当时代表学校参加全国辩论赛的曾云帆，樊浅是知道他的能力的。

但是真相需要侦查、判断、证据，来一一印证。

这边的伤员在他们的情况稍微稳定之后，第一时间被送回国。而季辞东则带着樊浅以及一干相关警员，一路赶往河内。

在路上的时候，她就接到了曾云帆已经顺利回到国内的平安电话，旁边还有导师和师母在抱怨他跑那么远也不交代一声。

她有一瞬间的恍惚，似乎那样真实的生活离她已经很远。

挂了电话的时候，季辞东正在旁边开着电脑写报告。她放松下来，靠在椅背上问他："你觉得这次是谁走漏了消息？"

季辞东手指不停，他笑了一下说："你也猜到了不是吗？"

樊浅也笑，季辞东则抽空摸摸她的头。

他说："我已经向上级申请了当年案子的调查，等我们回国就彻底解决这件事吧。顺便正式去拜见一下你的导师。"

樊浅："……"

河内是乌尔苏斯的老窝。

苗彩姗醒来后交代了年副刚确实在国内入境前一天就失去了联系。她和乌尔苏斯已经反目，于是事无巨细地说出了她所知道的一切相关信息。

短短半个月，从老街至沙巴再到河内，在中越双方的全力配合下，这条跨中越两国的特大贩毒线终于被连根拔起。

逮捕相关核心人员包括乌尔苏斯在内共二十一个，缴获毒品共两百八十三公斤。

至此，"6·14"跨境特大刑事贩毒案宣布正式告破。

5

乌尔苏斯在半个月后被引渡回国接受审判，季辞东和樊浅也马不停蹄地赶回了国内。飞机落地时，正好早上九点。

温市一片大好阳光。

季辞东手机刚开机就接到了要马上回调查组的消息，他替樊浅拦了辆出租车说："你先回家好好睡一觉，晚上接你一起吃饭。"

樊浅点点头，却在车子开出几百米之后突然对着司机说："师傅，去医院。"

上次到曾云帆的医院还是她被年副刚绑走的那次，这不过短短一个月不到，她再次踏进这里时有种时过境迁的感慨。

曾云帆在住院部的顶楼，樊浅乘电梯上到五楼的时候，进来了一个熟人。

"杜律师？"他穿着蓝白条纹的病服，手里拿着打点滴的支架，看起来少了几分精英律师的严肃多了些还未复原的苍白。

看到樊浅，他明显也是一愣，接着露出一贯的沉稳和周到，看着她手里的行李笑着调侃："刚回来就来看曾医生？你不怕季警官吃醋？"

樊浅尴尬地掩饰道："那个，就是来看看大家的情况。"她顺便问了一句，"杜律师的伤怎么样？"

他推了推鼻梁上的眼镜，笑着说："好得差不多了。"

樊浅到曾云帆病房门前的时候，里面站了不少人。调查组的同事、护士，甚至导师和师母都在。

但樊浅还是在第一时间看到了那个熟悉的背影。是季辞东，他应该是正在问话，手里还拿着做记录的本子，里面的衬衣领口解开了两颗扣子，露出性感的锁骨。

对于突然出现在门口的樊浅，他回头看了两眼没做任何反应。

樊浅："……"她顶着一干八卦的视线走进去，默默地站在季辞东的身后不说话。

中午的时候，季辞东开车送她。

他沉默着把她的行李放到后备厢,替她系上安全带,再沉默着发动引擎。樊浅偷看了他两眼,试探着问他:"你不是回办公室了吗?"

"关于之前曾云帆收到的短信和一些相关问题,要他配合一下调查。"

樊浅忙问:"结果怎么样?"

始终没什么表情的他终于还是侧头看了她两眼,回答的声音明显压了下来:"放心,没他什么事。"

那放心两个字用得着故意咬那么重吗?樊浅难得发现他也有小心眼儿的时候。她装作没听懂,也不回话,结果几分钟后发现车子行驶的方向不太对。

"去哪儿?"她问。

季辞东看着车前方说:"我家,这段时间先搬到我那儿去。"

同居!樊浅愣是被脑海中突然冒出来的字眼吓了一大跳,她慌张摆手:"季辞东……那个,那个……我觉得有些快了,我还……"

她一时组织不好语言,季辞东拍拍她的头:"听话,你那个小区安保太差,这是敏感时期,在我那里我比较放心。"

他说着就突然靠过来在樊浅的耳边添了一句:"不用担心,结婚之前不会对你做什么的。"

那一本正经的表情看得樊浅直咬牙。

她往椅子上一靠,扭头看着车窗外憋了一句:"可你家就一个卧室。"

季辞东在间隙中侧头,看到拿后脑勺对着自己的樊浅微微扬起了嘴角。

半个小时后,樊浅才发现车子并没有停在季辞东家楼下,而是开进了一个全新的小区门口。

她狐疑地跟着他上了二十七楼。

双重密码锁门,玄关处放着一黑一黄两双大小不一的棉质拖鞋。装修依然走的简洁风,大型的米白色沙发,背景墙上的艺术画,以及落地的半拱形玻璃窗。但暖黄的灯光,阳台盛放的矮牛和美女樱让空间瞬间变得柔和温暖起来。

季辞东把外套挂在了衣架上,看着在空间里绕了半天的樊浅笑着问:"还满意吗?"

她推开玻璃门出去,趴在阳台上往下看:"什么时候开始准备的?"对于这一切,她一点都不知情。

季辞东走上前,从后面伸手圈住她的腰,下巴磕在她的肩膀上说:"很早就开始了,只是还有很多小细节没有整理。怎么样?桌布、窗帘所有东西我都买好了,要和我一起布置吗?你要不喜欢我们就重新买。"

樊浅有些感动,偏头蹭蹭他的脸轻声说:"好啊。"

……

满室的暖阳,樊浅拿着抹布一边擦着柜子一边注意着站在凳子上打扫的季辞东,他围着一件和她身上一样的浅绿色围裙,头上顶着报纸做成的三角帽。

"季辞东。"她叫他。

等到他低头看她的时候,樊浅才憋着笑摆手说:"没……没什么,就是觉得你的样子很搞笑。"

看他一脸吃瘪,樊浅的嘴角越发扬了起来。

结果他长腿一迈,从凳子上跨下来。

樊浅转身就躲。

结果还没跑出两步就被季辞东直接给堵在了玻璃窗旁,他双手撑开在她两边,眯着眼低声说:"作为季先生的女朋友,你的审美我觉得很有必要纠正。"

樊浅提醒自己不要笑得太明显,低着头小声反驳:"我又没说错。"

谁能想到一向说一不二的季辞东,有一天也会变成这样居家的宅男模样,还有些乐不思蜀呢?

下一秒,樊浅头顶的帽子被一把揭下,他捏着她的下巴就吻了下来。

他抓着她不放,樊浅被吻得透不过气。

好半天之后,樊浅拿拳头砸他肩膀,提醒他:"唔……你电话。"

电话是石头打来的,接通的那一刻,石头就感觉老大的气场不太对,心虚地问:"老大,你干吗呢?"

"布置新房。"

樊浅："……"

石头："……"

挂断电话之后，季辞东放开抓着樊浅的手说："石头他们组织了今天晚上聚餐，累吗？要不要在家休息？"

跨境贩毒案好不容易落下帷幕，大伙儿近段时间都累得够呛，樊浅点头表示和他一起去。

地点选的是大家常去的一家烤肉店。

整整两大桌人，难得的是还有不少女生。有带家属的，还有些是局里其他组的女同事。

樊浅和季辞东到得比较晚，一进去所有人就开始道喜。

樊浅很无力地瞪了季辞东一眼，都怪他没事非得跟人说他在布置新房。

有人凑过来敬酒，樊浅试图解释："没有，你们……"

季辞东接过递到她面前的酒杯说："她酒量不行，我替她喝。大家这段时间都辛苦了，今天晚上尽兴，钱算我的。"

所有人都笑得心照不宣。

酒过三巡，到了晚上十一点还有人三三两两凑在一起划拳拼酒。就算人群吵得厉害，樊浅还是有些困倦，虽然吃饭的时候大家都碍于季辞东的身份有所收敛，但难免有些不怕事儿的。

在季辞东替她挡了不少酒的情况下，她还是喝了一些。

不知何时，石头拿着酒杯从两人身后路过，突然凑上来在樊浅旁边八卦了一句："樊姐，没看出来啊，文身不错。"

樊浅对这句没头没脑的话半天没有反应过来，倒是一旁的季辞东顺着石头的视线看过去。

因为今天晚上的天气有些热，樊浅选了一件非常透明的白色纱织外套，小背心以下那小半截后腰上，透过薄纱有隐隐的绿枝蜿蜒而上，巴掌大的血色罂粟绽开其中。

不知是哪个女生突然说："樊法医进来的时候可没有，是刚刚才出现的。不会……是血文身吧。"

所谓的血文身，是利用鸽子血混合白酒绘制而成的朱砂文身，平时无色，只有在喝酒或激烈运动过后才会使颜色逐渐加深，露出它原本的形状。很多女性因为其隐秘的美感、低调的华丽，而不顾血液不相融、病毒携带等所带来的风险而选择这样的文身方法。

石头看着同样一脸困惑的樊浅，最终把视线转向盯着樊浅后腰看的季辞东说："老大，没想到你还有这嗜好呢？爱的烙印？"

"不是他。"樊浅立马否认了石头的猜测。

而一旁的季辞东却沉着脸突然站起来，他把外套搭在臂弯，一只手拉起樊浅说："先上医院。"

动物的血危害是极大的，尤其是用在人体的时候。

好在最后的检查结果并没有出现什么过敏或者带有病毒的情况，医生也说，鸽子血的含铁血红素被分解褪色后是不会有相关隐形作用的。

第二天上午，调查组的分析室里。

小黑板上贴着几张关于樊浅后腰文身的几张照片，是季辞东特意发给石头的。

所有核心成员都在，石头看了照片半天，吐槽道："樊姐，到底是哪路神仙神不知鬼不觉地给你文了这么个玩意儿，居然还用鸽子血。"

樊浅回忆起被年副刚带走的那天，她醒来的时候的确觉得后腰上有一片皮肤非常痛。但当时处在那样的环境，她也无暇顾及。

她与季辞东互相对看了一下，如果不是年副刚，那么当时有可能与他合作的只有一个人……

"是幽灵。"季辞东说。

一路走来，季辞东和樊浅从来没有在别人面前提起过，幽灵和十九年前樊浅父母的那个案子的一切相关线索。

而现在，时机到了。

石头咋呼："幽灵？他不是替这次贩毒集团提供毒品和路线，但又没有抓到实质线索的那个吗？"他说着说着又疑惑地问，"就算他和贩毒的有关，但和樊姐能有什么关系？"

樊浅走上前，她对着黑板上的照片看了很久，一种非常不舒服的感觉冒了出来。

这样浓烈色彩的东西，不免让她想起了当初欧坤案子的那个暗房。罂粟，毒品，他究竟在表达什么？

旁边的季辞东把视线从樊浅身上移向了石头,问他:"关于这个文身调查出结论没有?"

幽灵策划了这所有的一切只为给樊浅打上记号吗?不,他不会那么无聊,他其中一定暗藏了什么信息?

石头翻开手上的本子无奈地说:"没有什么特别奇怪的点,罂粟就是能让人产生依赖感的植物而已,是毒也是药。放在异性身上也无非是代表死亡与爱,还有网友说罂粟花在罗马众神中代表了睡眠之神,索莫纳斯……"

季辞东走到樊浅的身边抽走她手里的笔,在石头边说的时候在黑板上快速地写着什么,在他念到索莫纳斯的时候,季辞东打手势让他停下。

索莫纳斯? Somnus。

Somnus 是拉丁语中罂粟花的学名,也是罗马众神中的睡眠之神索莫纳斯,美丽却致命,一旦迷上了一开始会很快乐,后来就会付出惨痛的代价。

所有人都因为季辞东的动作围了上来。

樊浅问他:"发现什么了?"

季辞东点了点黑板,他皱着眉说:"看这个单词,单独看。"

单独看?S、o、m、n、u、s,众人完全不懂的时候,樊浅却越看越心惊,一股凉气从头冲到脚,惊得她浑身直冒冷汗。

这些字母从表面上看的确没什么,但是结合他们这一路走来所有案件的幕后主使的首字母来看,就会出现惊人的吻合。首先,申子雄的申是 s，欧坤的欧是 o，苗彩姗 m，年副刚 n，乌尔苏斯 u。

是巧合吗？那还有一个 s 呢？

季辞东周身的气氛都比平常冷了两分，他说："按照幽灵一贯的行事，唯一的解释就是他故意留下的线索。目前申子雄和欧坤都已经死亡，苗彩姗、年副刚以及乌尔苏斯也都已经出现，他是在告诉我们，最后一个姓氏首字母是 s 的人，将会是他最后一个目标。"

石头围着樊浅绕了两圈，嘴里啧啧称叹："姐，你这是惹到了一个什么样的变态啊！睡眠女神？把所有犯人弄死的弄死，还有被抓的，残废。虽然这些人都不是什么好人吧，但想想他特地集齐这么几个人，再把标记刻在一个人身上……"

他跳了两下，夸张地用手搓搓臂膀："想想都害怕啊，这幽灵八成是个神经病吧。"

季辞东一巴掌挥在石头的后脑勺，警告的眼神吓得石头直接闭了嘴。

樊浅没有回应，低着头不知在想些什么。直到季辞东突然上前来牵住她的手，她才摇摇头表示自己没事。

有人问："那我们现在怎么办？幽灵不现身，我们连这个 s 是谁都不知道，怎么阻止他进一步的行动？"

季辞东捏了捏樊浅的手，看着在场的所有人说："这次，我们先发制人。"

十九年前，幽灵利用娱乐媒体使得案件成了悬案，那么这次，他们将使用相同的手段，彻底将这个尘封十九年的案子摊到大众的视野。

季辞东揽过樊浅的腰。

他的女人,真的不是谁想动都能动的!

第七章
YISHENG YOUNI

一 生 有 你

1

温市中心广场的大屏幕上,正在播放一条新闻。

"9月16日上午,横跨中越两国的特大刑事贩毒案,在我国与越南警方的全力配合下终于取得胜利。至今天早上八点,贩毒头目乌尔苏斯……依法判处死刑,其余同党……根据警方透露,此次涉及贩毒路线及毒品供应,代号为幽灵的在逃同伙,还牵涉至十九年前的四起轰动全市的连环灭门悬案……"

新闻一出,瞬间就掀起了讨论热潮。

网上铺天盖地都是挖掘当年真相的帖子,还有人有理有据地专门开帖做推理,引来大片围观。

樊浅抱膝坐在客厅沙发上,对端着水果从厨房出来的季辞东问:"这个管用吗?"

季辞东把水果盘放在她面前的茶几上,用牙签插了一小块苹果喂给樊浅。拿起遥控器换了一台综艺节目,他才说:"根据幽灵之前的行为分析,他是不可能忍受最后一个人不按他既定的方式得到结尾,只要最后一个s出现,幽灵就一定会现身。"

樊浅"嗯"了一声。

就在这时,季辞东放在茶几上的手机突然振动起来。

组里来的电话,说是当年案件的嫌疑人中确实出现过一个姓氏首字母是s的人。

季辞东带着樊浅赶去了办公室。

所有人已经在会议室就位,石头打开投影仪,屏幕上出现了一张陌生人的脸。那很明显是在办公室拍的,透明几净的玻璃窗,宽大高端的办公设备。加上此人一张笑得非常标准化的脸,完全可以直接上财经杂志的封面。

石头说:"宋华群,杜家如今的掌舵人,四十二岁。"

说到这里,他话锋一转,对着季辞东说:"调查这个宋华群的时候还有一个意外发现,他竟然是杜伯萧杜律师的小叔。"

有人问:"小叔?那他为什么姓宋?"

石头一拍巴掌:"问得好,这个宋华群之所以能成为业界关注的焦点,就是因为他是杜家的私生子。"

当年杜家大变动,作为私生子的宋华群竟然把杜家大儿子,也就是杜伯萧的爸爸直接拉下马，坐拥了杜氏大部分股份，一跃成了掌权者。

其中最奇怪的一点就是，当时的宋华群可不是什么精英奇才，顶多就是一个混吃等死的花花公子，是杜家老爷子最不喜欢的一个儿子。

当初杜律师的父亲突发脑溢血，他也从此脱离杜家走了法律这条路。多年来业界一直传闻，宋华群就是用了不正当手段才拿到了杜氏。

杀害大哥，还排挤走了侄子。

传言可不可信先不论，季辞东说："石头，你先找一部分人盯着这个宋华群，他的周围只要有异动立即上报。"

……

临近中午的时候，樊浅和季辞东一起去暗访了一位已经退休的，叫王国力的刑警。

他是当年案件的主要负责人。

面前是一栋很老旧的居民楼，剥落发黄的墙壁，外面排风扇上沉积的黑亮油脂。来开门的，是一对六十多岁的老夫妻。

头发花白，但是身体看起来很健朗。

樊浅说明了身份和来意。

已经退休的老刑警也忍不住叹息，看着樊浅连连点头："想不到当年那么小的你一晃眼就这么大了。孩子，你受苦了。"

当年案子悬而未决,一直是这位老人心中的遗憾。

他说当时的案子闹得太大,每天警局门口堵满了各个报社的新闻记者。这不仅给排查和追踪带来了困难,加上当年遇害的四个家庭无论是生活还是工作都没有丝毫的交集,简单的画像嫌疑人起码有上百号人。

……

遇害的第一个家庭姓顾,家里经营着一个工厂。第二个家庭姓何,是当时温市的一个片区小领导。第三个家庭姓吕,就是普通的商人家庭,还有就是樊家。

共计人口十三人,而且事发时间都在同一个月。

老刑警说:"之所以当时把凶手锁定是一人所为,是因为他的作案手法很粗暴简单,凶器都是大铁锤。我到现在都还能想起当时整个温市的氛围,人心惶惶,所有人出门基本都口罩帽子加身。"

"您还记得当时有一个嫌疑人叫宋华群的吗?"季辞东问。

老人几乎是没怎么想就很肯定地说了一句"记得"。他说:"当时经过排查,我们发现所有案发过后两个小时,这个宋华群都出现在事发地离去的必经之路上。所以把他列为重点嫌疑人。"

用他的说法,当时正值杜家闹得很乱的时候。杜家的长子也就是杜伯萧的父亲身体状况不太好,杜家老太爷虽然对宋华群恨铁不成钢,但也不会放任他去坐牢。

恰巧这个时候冒出两个能证明宋华群不在场证明的证人,加上警方一时找不到宋华群的杀人动机，因此案件就此停滞下来。

至此，宋华群就被杜家老太爷送去了国外。一年后归国，杜家长子已经逝世，宋华群顺利接掌了杜家。

回去的路上，季辞东特地绕道带她去吃了个饭。

餐厅在一个比较隐蔽的老巷中，是个精巧独立的两层小楼房。院子中央一棵百年老槐树枝繁叶茂，投下的阴影将整个小楼房遮挡在其中。

他们坐在二楼。

季辞东把选好的菜单交给服务员，提起桌上的茶壶给樊浅面前的杯子倒上一杯茶之后，才敲了敲桌子问："在想什么？"

樊浅看着杯子里淡黄色的苦荞茶回："在想刚刚和王警官的对话。"她拿起杯子喝了一口，蹙着眉问，"凶手的行为并没有报复和泄愤的意图，对象如同随机抽取，为了杀人而杀人。"

季辞东说："就算是毫无关系的受害者，只要是同一个人作案，这背后，总有一条线是相连的，也就是所谓的犯罪心理里面的内心诉求。"

樊浅闭了闭眼，压下心头的焦躁。

她知道自己有些不在状态，也许是因为案子和十九年前有关，也许是背后的幽灵依然逍遥法外。

她看着对面的人。

刚好季辞东也抬起头看她，他的眼神里一如既往的镇定和沉着。

他放下手中的刀叉，望着樊浅的眼睛说："我知道你在怀疑什么。不用担心，关于十九年前被封存的那份档案我已经拿到手了，这杜家的背景再深，也辩不过真相和事实。"

樊浅惊了一下，不仅是因为他不知什么时候就已经开始默默地为这件事情做准备，也是因为他所带来的信息量。

她迟疑地问道："你的意思是，有一份档案曾经已经触摸到真相是……"

"没错，关于宋华群的，甚至是关联整个杜家。"

但是没有他杀人的直接证据。

……

两人驱车回到调查组的时候，是下午三点。

刚进办公室，石头就和两人打眼色，樊浅透过季辞东敞开的办公室门，看见了端坐在里面的领导。

而季辞东完全没管这些，推开门就直接进去了。

石头抽了抽嘴角对着樊浅说："老大怕是要被骂惨。"他刚说完这句话，里面就传来巴掌拍在木桌上的巨大声响。

石头接着说："老大之前不是让我们盯着宋华群吗？结果这孙子直接报警说我们对他进行非法监视，闹着让里面坐着的那位给他个解释呢。"

樊浅蹙眉，这宋华群是不是权力大到忘了自己是谁了？

而此刻里面的季辞东则是笑着勾了一下嘴角，他说："看来那个家伙还不算太蠢。"

领导："……"

时间一晃到了第二天，季辞东带着樊浅、石头和另外几个人去了杜氏集团的公司。三十层楼的大厦都是杜氏的产业，阳光下的玻璃幕墙折射着墨黑的光。

几个人都穿着便衣，石头跳下车仰头对着大厦感慨："难怪当初杜家子女为财产争得你死我活，要是我，肯定也不会甘心让出这么大一份家业啊。"

从他身边过的季辞东丢下一句："你以为谁都像你。"

跟在后面的樊浅："你以为谁都像你。"

石头："……"他这是招谁惹谁了？

顶楼的总裁办公室里，陆续进来的几个秘书个顶个的漂亮，端茶送水服务周到。他们几个人足足等了将近两个小时，门外才传来了人交谈的声音。

女秘书尽责地推开办公室门。

出现在门口的人除了宋华群，居然还有杜伯萧。

他们叔侄的年龄本身差距不大，都穿着深色西装，杜伯萧内敛，宋华群狂妄。

樊浅从门外的人出现的那一刻开始，她就一直盯着宋华群的脚不放，脑海中哒哒哒的声音和现场重叠。

季辞东揽着樊浅的肩。

宋华群拄着拐杖，左脚明显有些跛，摘下手上的白色手套往黑皮沙发上一坐，用眼尾看了季辞东一眼说："你就是那个让人监视我的警察？"他看了他们一阵接着说，"既然你们领导都说算了，这次我就不再计较，散了吧。"

谁给你的自信啊？

石头直接从上衣兜里拿出执照说："你好，我们现在在重新调查十九年前一宗连环灭门案，鉴于您是当时重要嫌疑人之一，请跟我们回去接受调查。"

结果沙发上的宋华群看着石头，双手搭在膝盖上慢慢说："我不想因为这样的陈年老账跟你们浪费时间，翻出来大家都恶心。"

"你……"

从进来就没怎么说话的季辞东，突然说："既然宋总不肯跟我们回去，可否回答我几个问题？"

宋华群没有答应但也没有反驳。

季辞东拉开他面前的一个椅子坐下，拿出上衣里的记录本说："多年前既然宋总都曾出现在案发现场周围过，可还记得当时有什么不对劲的地方？"

宋华群捻了捻手指，嘲弄道："出现在周围怎么了？想套我话，我告诉你们，那么大的地界儿我宋华群就是去吃喝嫖赌去了，你们要抓我啊！你们有证据吗？"

季辞东拦着冲上前的石头，眼睛微微眯着勾唇笑："据我们所知，你以前吃喝嫖赌的烂摊子都是你大哥杜康替你善后的吧。至于你是否和杀人案有关，能否抓住你，相信你大哥就算死了，想看你迟早被警方抓住把柄的人也大有人在。比方说幽灵。"

但显然宋华群根本没有仔细听他后半句话，从季辞东说出杜康那个名字起，他紧抿着向下的嘴唇，眼睑紧绷，双眉下垂。那是一种非常厌恶愤怒的微表情。

季辞东了然地扬了扬眉。

结果下一瞬，宋华群突然站起来，看着他们身后站了许久的杜伯萧哼了一声，沉着声音说："他是我律师，你们有问题问他。"然后直接转身走掉。

杜伯萧尽责地把一行人送到公司外面，带着抱歉说："各位不好意思，我小叔他掌管着整个杜氏的运作，脾气不是很好，今天若是有怠慢之处，我代他道歉。"

季辞东点头，走之前突然说了一句："杜律师既然是宋总的代理律师，你们的关系倒是不像传言中一般，因为你父亲而变得水火不容。"

杜伯萧笑着答："无非是些无聊的言论，当不得真。"

季辞东勾唇，没再接话。

……

回程的车上。

大伙儿都憋了一肚子的气，石头一拳砸在前座的椅背上说："我们今天就不该拿调查借口去让他跟我们回警局，直接让幽灵找上他，迟早他自己怎么死的都不知道！"

有人回："那可不一定，宋华群的首字母虽然是s又和十九年前的案子相关，但万一人家和幽灵是一伙儿的呢？"

副驾驶的樊浅问季辞东："你怎么看？"

既然那份隐秘档案当年被杜家利用权势压了下来，事情过去太久，他们现在要想抓住直接的证据会更难。

季辞东说："一伙？未必见得。宋华群并不是个难对付的人，就算他浸淫商场这么些年，但他已经被权力和金钱冲昏了头脑。杜家背景再深，能让他逃得了一次也逃不了第二次。"

况且现在关键的，是要利用s，引幽灵彻底现身。

车内的气氛并不算轻松，季辞东看着后视镜转了个弯，对着后面的几个人说："都准备一下，我们要收网了。"

2

两天时间不到，网上开始流传出一则消息。

有一个自称"知天下事"的网友在各大论坛爆料，大致是说财阀集团大内讧，私生子欲争家财滥杀无辜。

这彻底把当年的灭门案子和杜家联系在了一起。

各路小号一时从各处冒出，有怀疑当年杜家长子就是被宋华群所杀，无意知晓了真相的四个人才被灭口，最后才累及全家。

也有猜测说是杜家当年的当家人，为了隐瞒家丑，花大钱雇了杀手。

杜家瞬间站到了风口浪尖。

石头在电脑前刷了半天的网页，对着刚接水回来的樊浅感慨："真是墙倒众人推，这杜家在宋华群手下经营的这些年本就大不如前，这次股价大跌，杜氏恐怕很难再挨过这次危机了。"

樊浅找了个椅子坐下，石头继续问："姐，你说我们真的不管吗？网民太容易被舆论引导了。你看这个爆料号说的什么，被害人是因为知道宋华群谋害长兄被灭口的言论根本就是在瞎掰嘛。"

樊浅没接话，她看了看季辞东的办公室，他正在打电话。

她回石头："你打算怎么办？和网上的人对骂还是据理力争？"

石头回她一脸"你赢了"的表情。

既然季辞东说了暂时不要轻举妄动，那就等等看。

哪怕樊浅清楚地知道，宋华群当年的确是出现在了案发现场的。

那跛足的脚步声，拖动铁锤的声音……让她多年后想起来都如重置现场，让她战栗和毛骨悚然。

而对于季辞东，这个她走过十几年漫长岁月才遇见的男人，她在任何情况之下都会选择先相信他。

……

果然不出所料，两天后调查组就收到了一份非常详尽的有关杜氏这些年的相关资料。

收受贿赂、政商勾结等相关证据整整两大页。

其中还有一份很特别的东西，是一份很久远的影像资料。视频里的人正是宋华群，他摘掉了面具，一身黑衣从一个巷子里走出来，手里的那个铁锤拖在地上。

他经过的地方，身后都留下一个个血色脚印。

现在，不论当年为什么没查到这些痕迹，甚至不用追究他杀人的目的。有了这些东西，何止是宋华群，整个杜氏都将一夜之间倾其所有。

看来幽灵要毁掉的，不止最后一个 s，连带着整个杜家都在他的计划之内。

樊浅反复看着那个短短三分钟的视频，握着鼠标的手背青筋冒起。原因不仅是因为他和樊浅当年在现场看见的那个身影一样，也是因为他经过的那个巷子背后，是她曾经出生并且生活了五年的家。

……

一只手附在了她的手背上，她转头看着季辞东，说："我要亲手抓到他。"

那双红红的眼睛，努力不让眼泪掉落的样子，刺得季辞东心口微微发胀。

他冲她笑了一下，点点头沉声说："好。"

杜家的老宅。

整个杜氏上三代都是政权和经济两手抓,只是到了如今主要发展商业。老宅的位置比较偏,设计很古典,白墙黑瓦雕栏画栋。

只是里面除了已经卧病在床的杜家高龄老太爷,就只有几个小辈每周会回来吃一次饭。

而今天,刚好宋华群在。

季辞东他们到的时候,是下午。

大概是因为最近的杜家兵荒马乱,老太爷据说病情加重。

有同事吐槽:"这大家族果然亲情淡薄,这老人家都快不行了,也没见个人天天守在这里。"

宋华群从楼上下来的时候还穿着睡衣,身边搂了一个年轻的女孩儿。

见着他们一行人,他系了系腰间的带子蹙着眉问:"怎么又是你们?"顺便拍了拍身边女孩儿的腰调笑着,"自己先上去,我等会儿就来。"

他走到大厅坐到沙发上说:"不用浪费时间了,我是不会跟你们回去接受调查的。"

季辞东拿出逮捕令,等石头他们把人从沙发上抓起来才伸到他面前说:"你不用和我们回去调查,你经济犯罪和故意杀人已经得到确凿证据,宋先生,我现在正式通知你,你被捕了。"

宋华群像是听到了什么天大的笑话一般,不断试图挣脱,反应很激烈,他瞪着面前的季辞东:"证据呢?"

旁边的樊浅拿着手机,把那段视频放到了宋华群的眼前。她说:

"你还有什么好解释的吗？"

一个不备，宋华群就朝樊浅踢了过来，嘴里喊着："谁知道你们从哪儿捏造的证据！我告诉你们……"

季辞东眼疾手快地把樊浅拉到自己身侧，躲过了宋华群突如其来的一脚，这时身后一个男声打断了宋华群的咆哮。

"季警官。"是杜伯萧。

他拿着公文包，一身匆匆赶来的模样。他走到几个人当中说："我刚刚接到家里佣人的电话，说是来了警察。"然后才特地对着季辞东说，"辞东，这中间是不是有什么误会？杜家最近事情比较多，难免不会有落井下石的人。"他吩咐人上了几杯茶，脱了外套邀请在场的人先坐下。

季辞东扬扬眉："杜律师都脱离杜家多年了，没想到对这个家还这么尽心尽力。"

杜伯萧无奈地笑着说："都是看在老爷子的情面上。"

旁边依然被控制住的宋华群显然受不了他这副样子，撇着嘴唾了一口说："就你是好人？在老太爷面前讨巧卖乖这么多年，你不就是想分家产吗？怎么，你爸……"

"小叔！"杜伯萧一声冷喝，一贯平和的表情都带了些怒容。

他走到宋华群的面前，像是极力忍住怒火，轻轻地转动着手腕上的一串手链，带着几分怒其不争说："我说过很多次，我对杜家不感兴趣。都这个时候了，你仔细替卧病在床的老太爷想想，为整个杜家想一想……"

杜伯萧的劝说似乎是起到了作用，宋华群竟然任由他说了很久都没有反驳。

在他劝说宋华群配合警方调查的时候，一直沉默抱胸的季辞东突然走上前，一把抓住杜伯萧不断转动手腕上檀木手链的动作。

杜伯萧疑惑地回头看他。

季辞东看似开玩笑地说："杜律师，在一群警察面前直接对犯罪者进行心理暗示，有点过了。"

杜伯萧的动作一滞。

季辞东把视线移到垂着眉的宋华群身上，一巴掌拍在他的脸上，说："看来你长期的催眠效果不错，这个家伙的心理防线简直脆弱得可怜。"

被季辞东拍醒的宋华群对这一幕完全状况外，他又开始吵嚷说自己没罪。

季辞东一个眼神，押着他的警员直接一膝盖顶在他的腿弯把人带到了一边。

……

空气凝滞了几秒。

杜伯萧突然揭下眼镜，边擦边随意地问："季警官是什么意思？"

下一瞬，他斜抬起来的眼神让在场的所有人都不免一震。

很难想象一个人戴眼镜和不戴眼镜的区别可以如此大。

杜伯萧之前给人的感觉是斯文内敛的，行为语言间都是谦逊和得体。而此刻的那双眼睛，如黑雾般深沉，气质瞬间变得锐利，充满侵略性。

所有人都不自觉地退开了两步，季辞东缓慢挽了挽袖子，扯着嘴角轻轻一笑："幽灵，恭候多时。"

杜伯萧斜勾起嘴角挑了挑眉，索性把眼镜扔到了茶几上，一个退步坐到沙发上笑着说："不愧是季辞东，说说吧，什么时候知道的？"

"很早。"季辞东也坐到了他的对面。

这么友好的一幕着实有些吓人，杜伯萧一副洗耳恭听的模样。季辞东也慢条斯理地喝了口茶才说："在去越南的路上。"

杜伯萧脸色一凛。

季辞东继续说："虽然你和曾云帆是同时出现，后来曾云帆被带走被指控合谋，处处都在刻意地将疑点往他身上指，但你偏偏漏了一点。"

杜伯萧露出很感兴趣的表情，季辞东指了指他的指甲："故意走漏你们离开的行程，乌尔苏斯当时藏在车上的毒品也是你发现的吧，车厢夹层那么隐蔽的地方，怎么就你那么无聊要去抠那层铁皮？不止如此，第一，申子雄案子那个转移警方注意力的神秘人；第二，当时接手欧坤的律师就是你，能利用心理暗示加重他的精神疾病，最后导致他自杀。那个暗房，也是你真正意义上的第一次出手吧；第三，来源不明的短信，利用冯秀芸困住我、联合年副刚绑走樊浈，最后顺便弄走了苗彩姗；第四，把所有人集齐到越南，让所有线索都指向曾云帆。哦，还有现在，你是如何控制了你这个不成器的小叔整整十九年，是什么原因让他多年前替你杀了那么多人，直到现在还替你做着杜氏集团的傀儡……"

季辞东的声音又缓又沉，像在说着一个故事，在场的人都被惊得震住了。

啪啪啪——

杜伯萧含笑鼓掌，他回头看了一眼被困住无法说话的宋华群，无所谓道："这个家伙再没用，这么多年在所有人面前还是装得像那么回事。你很厉害，轻易看穿。"

季辞东扬扬眉："我是否可以理解为，你不顾被发现的风险也要当众催眠了宋华群，是为了掩盖他说出关于你爸……"

"季警官。"杜伯萧收起了一直挂在嘴角的笑，皱着眉，"你知道你最令人讨厌的地方是什么吗？就是自以为是。"

说到这里，他又突然笑起来继续说："你说了这么多有用吗？我的手上至今未曾沾过一滴血，就连被人摘了脑袋的申子雄，那也是他仇家干的，我不过就是传递了点消息，而且一直以来，我都是在替你们抓犯人而已啊。"

嘭！

下一秒，季辞东一拳砸在了他的脸上。

杜伯萧整个人一下子栽倒在沙发上，他撑手低着头，用拇指抹了抹嘴角的血迹，低声说了一句："Somnus，你挑的这个男人真是让我非常不喜欢。"

3

Somnus！杜伯萧口中吐出这个名字的时候，在场所有参与过案件的人都倒吸了一口冷气。

他真的说出了这个单词。

而杜伯萧所指的Somnus，就是樊浅。

那个被刻意文在她后腰的罂粟文身，不只代表罗马睡眠之神Somnus这个单词，也是单词拆开每一个案件背后主使人的姓氏首字母，从申子雄案到后来的贩毒案直到现在的宋华群。

所有关于文身的推测，季辞东全推测对了。

想到这么多年自己都在和这样一个看似温和实则处心积虑的人相处，樊浅只觉得心头发凉。

在边上站了许久的她其实一直都压着某种情绪，在被明确点名的这一刻，她知道那是什么，是恨到极致想彻底毁了一个人的冲动。

她一步一步地走上前。

季辞东默默地站到了她的身边，而沙发上的杜伯萧也站了起来，他甩了甩头发，看着樊浅说："Somnus，你太让我失望了。你和你的父亲一样，坚持着这个世界所谓的正义。没有用的，Somnus，没有用的，我会让你知道什么是真正的完美世界。"

樊浅全身都是僵硬的，每一个细胞都在叫嚣，脸上血色褪尽。

他提到了她的父亲。

……

季辞东在下一刻一把拎起了杜伯萧的衣领,他们的脸挨得极近,季辞东的话几乎是咬着牙说的:"幽灵,你最好收起你那变态的完美世界观,一次又一次,你最不该的,就是妄图动她。"

杜伯萧一掌挥开了季辞东的手,他凑近樊浅,却对着季辞东说:"你懂什么?我十九年前就相中的人,她的骨子里,有和我一样的孤独。"

他边说边对樊浅露出莫名笑容,朝她招手:"Somnus,来。"

樊浅冷冷地看着他没动。

他继续说:"Welcome to hell,my dear fallen angel(欢迎来到地狱,我亲爱的堕落天使)。隔绝白昼、另类和喧嚣,你会和我一起融进夜色,躺倒在死亡的怀抱里。Somnus,我曾给你一场盛大的邀请典礼,可惜被人破坏了。"

曾经欧坤暗房里那行触目惊心的鲜血留言,这次从他嘴里亲口念出。湿冷的语气和他那迷醉癫狂的神情,令人感到恐惧和战栗。

这是他的邀请?

来自魔鬼策划的陷阱,让她实习死亡?

杜伯萧还在继续:"不过没关系,你终将还是会成为我最合格的拍档,最默契的精神伴侣。我们会一起亲吻罂粟,如撒旦般粉墨登场。看到了吗?鸡鸣狗盗还是天上人间,Somnus,只要你来,抵达太阳的冬眠之地,你将成为我最佳的杰作,最完美的睡眠之神。"

他边说边朝樊浅的脸伸出手。

啪——

樊浅用尽全力拍在了他的手背上。

"你真让我恶心。"樊浅咬着牙,她的手微微颤抖。和他一样孤独?所以在十九年前的案发现场故意放了她?所以打造了回忆暗房?所以一次又一次地给出暗示和线索?

把她的人生毁得支离破碎,再想办法重建成一个全新的人。一个他心中完美的伴侣,和他一样冷血、疯狂和恶鬼一样的复制品。

樊浅从头冷到脚,她的人生从最初就被人为地设定好了,一个完全扭曲的,她不想却不得不成为的可怕样子。

如果不是季辞东……

如果不是出现了这个男人,她的人生会不会真的从此一步步沦进黑暗,成为杜伯萧最完美的试验品?

会的,真的会的。

樊浅大口喘息,一想到这十九年间,他曾经出现在自己能出现的任何一个时间和角落,他还曾是她所在的大学连续四年的客座讲师……

樊浅只觉得不寒而栗。

季辞东搂着樊浅,安抚性地蹭蹭她的发顶。

他把视线转向杜伯萧,眼神如利剑般锋芒锐利,出口的声音像是含了冰碴:"杜伯萧,你大概还不清楚我最忌讳什么吧?"

季辞东黑色的瞳孔泛着冰冷的光:"我告诉你,十九年前你毁掉她的人生我会一一补起来。只要有我季辞东在,她的世界永远不会按你的安排前行，就算曾经有余毒，我也会替她彻彻底底抹去。"

杜伯萧无所谓地露出顽劣的笑。

季辞东冷眼看着他："我们还有很多事情没有算清楚，走吧，调查组的门等你很久了，幽灵。"

"哈！"杜伯萧不动声色地退了两步，眼里露出的笑意越发张狂，"虽然你们来得比预期当中早了那么一点时间，但在我的地界上，你确定有把握能抓住我？"

季辞东示意石头把樊浅带离到边上。

她刚退开几步不到，杜伯萧两手直接掀起旁边的茶几朝季辞东扔过来。

轰！是被季辞东躲开后，茶几落在毛绒地毯上的闷响。

这像是一条导火索，一时之间从二楼和老宅后面那栋阁楼涌出大批黑西装的专业打手，只要给钱就能卖命的那种。

本来清冷的宅子瞬间变成战场。

石头捡起地上不知是谁扔下的铁棍，站在樊浅面前挡住所有朝她冲过来的人。脚踹，棍击，石头的狠劲一时竟也没人能近到樊浅的身。

她下意识往季辞东那边看去。

他们相对而立。最先出手的是季辞东，右脚向后微移半步，一个用力，化掌为拳直击杜伯萧的肚子。对方用手肘隔开，一个大步往后猛退。

季辞东撑手跳过沙发，迅猛地袭上了欲跳窗的杜伯萧。

两人再次缠斗在一起。

撞开隔间的一扇木门,经过走廊,很多人突然围上季辞东。樊浅他们追上去的时候,正巧杜伯萧打开了一间屋子的小后门。

他回头看樊浅的那一眼,带着似笑非笑的表情。

他一离开,周围的所有人如潮水般四散开来。

杜家老宅的面积并不算特别大,但是设计很复杂。尤其是二楼,木质走廊连着好几栋房子,加上院子树木植被栽种较多,一时人流被冲得特别散。

樊浅他们几个人跟着杜伯萧离去的那个小后门追出去,发现后面竟然连着一条大马路,而二十米开外的车轮印显示杜伯萧早已驱车逃离。

有同事气喘吁吁地冲过来喊:"老大,宋华群被一并弄走了!"

石头狠狠蹬了旁边的墙一脚。

季辞东当机立断:"追!"

已经是晚上七点,卫星定位跟踪,红蓝爆闪的警灯和不断鸣响的警笛,整个温市从各个大道上涌入大量围追堵截的警车。

神秘莫测的幽灵终于浮出水面,整个温市的夜都开始沸腾。

天还没有全黑,在急速行驶的高速上,路边影影绰绰的绿化带和摇曳的植被一晃而过。樊浅和季辞东在同一辆车上。

坐在后排的石头突然说:"老大,后面有车跟上来了。"

"看见了。"

樊浅从后视镜望过去，后面果然来了两辆大众车，眨眼的工夫分别从两边包抄上来，"砰"一声撞击，樊浅直接往前弹出去。

"坐稳！"季辞东提醒了一声，一脚油门踩到底。

很快，手里的对讲机里响起了声音，警方的车大多遭到了恶意阻拦和堵截。

石头拿着电脑抱怨："这些苍蝇真烦人。"

季辞东专心开车，一个急转弯再次避开了横撞上来的车后问："杜伯萧的车现在在哪个位置？"

石头敲了一下电脑："西二环致岚商城，旁边是个影院。"

樊浅听到这个地址明显一震，她看向季辞东，他显然和她的担忧是一样的。

那个位置前方五百米，是曾云帆所在的医院。

樊浅连忙从包里翻出手机。

还好在响了两声之后被接起，曾云帆熟悉的声音传来："小樊，怎么了？"

樊浅来不及解释，直接说："师兄，快想办法疏散医院里的所有人，幽灵朝那个方向来了。"

听筒的那边还有护士在温声叮嘱病人的声音，曾云帆显然也是对她这没头没尾的要求很不解。但他仅仅只是愣了几秒，立马说："好，你路上小心。"

挂了电话的樊浅深吸了口气。

结果十分钟不到，周边一直跟着他们的两辆车突然掉头。樊浅心里一凉，这么快就接到撤退命令，显然是幽灵已经到了目的地。

二十分钟后，一声尖厉的刹车声停在了医院门口。

樊浅和季辞东下车之后发现医院门口站满了人，人群吵吵嚷嚷各种怀疑和猜测，看着大多数人已经站在了外面，大家都松了口气。

曾云帆顶着大压力疏散人群的效果还是不错的，毕竟杜伯萧的车已经确定停在了医院的后门，也就是说，他此刻已经在医院这栋大楼里了。

陆续到来的警察围在了医院门口。

樊浅跟着季辞东走进去，广播里还在反复播放着："请注意，请注意，本院接到警方通知，医院疑似混进不法分子，请各位立即离开医院。身体状况不允许的，请待在原地不要动，等候通知。"

人群一下子炸开了锅，吵吵嚷嚷和惊恐的尖叫声不绝于耳。

樊浅一眼就看到了站在挂号厅的曾云帆。

"师兄！"樊浅叫他。

曾云帆还穿着白大褂，他拧着眉走上前，看了看樊浅随即问季辞东："到底怎么回事？"

"这里的人安排得怎么样？"季辞东反问他。

"都差不多了，实在因为身体原因不能转移出来的病人也都集中在了一个安全地方。"

季辞东点点头。

一旁的樊浅轻轻对着曾云帆说了一句："师兄，谢谢。"

曾云帆冲她笑了一下："也是我的职责所在。"

这时一直在思考着什么的季辞东望着玻璃门外的一大群人，突然转头问曾云帆："见着苗彩姗没有？"

苗彩姗之前因为挨了一枪伤到肺叶，这段时间一直在监视下留在医院治疗。

曾云帆顺着他的视线望出去，皱起眉摇头说："不清楚，但今晚我确实从头到尾都没见过她。"

季辞东让石头带着一队人从一楼开始地毯式搜索。樊浅和季辞东以及曾云帆决定去苗彩姗的病房看看。

四楼走廊里很空旷，除了炽白的灯光，只有三人交替的脚步声不断回响。

季辞东拉着樊浅的手走在前面，曾云帆断后。季辞东试探着推开苗彩姗病房的门，发现里面没有开灯，借着窗外月光的光线随意一扫，一个人也没有。打开灯，三个人走了进去。季辞东扯了扯凌乱的被子，用手试了试床单上的温度："刚刚还在。"接着发现脚下那双未被穿走的拖鞋。

三个人的目光在空中交汇。

苗彩姗被带走了。

……

就在此时，上一层楼传来巨大的撞击声。

两个男人对视一眼，季辞东的身形瞬间绷紧，把樊浅推到一旁的曾云帆身边，说："你先带她去你办公室，我上去看看。"

曾云帆点头。

樊浅一把抓住季辞东的衣袖，看着他的眼睛："小心一点。"

季辞东的手指抚过樊浅的脸颊，没说任何话，深深看了她一眼之后打开门冲了上去。

曾云帆带着樊浅去了自己办公的地方。

他接了一杯水给她，然后说："你待在这里不要离开，医院的格局我最清楚，我先出去看看情况。"

樊浅虽然很不放心季辞东，但她不断告诫自己要冷静不要添乱。她平静地点点头："我自己没问题，你放心吧。"

曾云帆在三楼撞见了一路带人排查上来的石头他们，说了季辞东的去向之后便跟着他们一起。

就在他们打算再上一层楼的时候，"啪"的一声，整栋楼突然停电，所有人眼前一片漆黑。

医院的气息本身就有些阴冷，楼道和走廊间的应急灯发出幽幽的绿光，黑暗中不知是谁说了一句："怎么偏偏这个时候停电啊。"

所有人纷纷拿出了手电筒。

在四射的光柱中，曾云帆越想越不对，然后像是突然察觉到什么，暗道一声"糟糕"，拔腿就往自己的办公室冲去。

季辞东突然被引走，现在又突然断电，但愿不是他所猜测的那样。

而事实证明，最糟糕的状况还是发生了。

曾云帆捡起桌子底下还在不断闪亮的手机，挂断了自己耳边的电话。手里的电筒环顾四周，发现并没有打砸或被破坏的痕迹，唯独刚刚还在的樊浅失去了踪影。

他决定先找季辞东会合。

才上到了五楼，走廊拐角处突然一把匕首伸出抵在了曾云帆的喉咙口。曾云帆惊出一身冷汗，就听见黑暗中传来季辞东疑惑的声音："曾医生？"说着就收回了那把匕首。

曾云帆一刻也没耽搁，连忙从兜里掏出樊浅的手机递给他："小樊不见了，现场只留下了这部手机。"

季辞东在黑暗中的动作一顿，大概只有他自己清楚，他握着手机的手究竟用了多大的力气。

4

樊浅是被冷醒的，她穿着短袖和牛仔裤，捏了捏酸痛的肩膀，稍微清醒过后才想起来，自己是在曾云帆的办公室里被人从背后打晕的。

而且当时停电了。

她猛地坐直身体，才发现自己靠在一根有点像是工厂那种生锈的大铁管上。而她所在的地方，像是医院的天台。

她环顾四周，对面高楼照射过来的光线让她足以看清自己所在地方的环境。左边是一个雨棚搭建的通道口，铁门上挂着两把新的大铁链。右面放了一些杂物，类似于废纸箱之类的东西。

猎猎寒风吹得樊浅不自觉搓了搓手臂，她发现自己没被绑起来，手脚都很自由。

她撑着手站了起来。

长发被风凌乱地吹拂在脸上，她小心环顾四周，试探着移动脚步往周边挪动。

"在找我？"幽幽的声音就在樊浅身后。

樊浅猛地转身，接连倒退了好几步。她吞了吞口水，拽紧胸前的衣服借着远处光线看清了站在黑暗里的那道身影。

杜伯萧换了身衣服，不再是西装衬衣的精英律师打扮，而是那套不止一次出现过的全黑装束。他就是曾用这个样子出现在了申子雄案件的码头，也是欧坤案中那个房东阿姨撞见的神秘男人，只是现在，他没戴帽子。

樊浅稳了稳自己的情绪："杜伯萧，你把我带上来，究竟想干什么？"

他从阴影里慢慢走出来，那张摘掉眼镜之后具有过分侵略气质的脸一下子暴露在樊浅面前。此刻的他，满眼都是不明所以的笑意。

樊浅心里发毛，就见他突然张开双臂："Somnus，欢迎来到我为你建造的世界。"

……

二十米外的地方,一束追光突然照亮。

樊浅抬起手臂遮了一下刺眼的白光,她适应片刻缓缓放下了胳膊。抬起头,发现那束灯光所照亮的中心地方,空中挂着三个人。

樊浅在看清楚的那一刻,狠狠咬着牙。

"疯子!"她说。

那三个人不是别人,是刚刚被他带走的苗彩姗和宋华群,而另外一个,正是在贩毒案中消失已久的年副刚。

他们都昏迷着,绳索从对面顶楼一直牵到这边,三个人被摆成一排横吊在半空中,只要束缚着他们的那根绳子一断,等待三个人的下场就是摔下顶楼,必死无疑。

"杜伯萧,你为什么这么做?"樊浅问。张口的瞬间狂风灌进喉咙,呛得她隐隐作呕。远处的温市依然灯红酒绿,而天边已经有大片黑色云层迅速聚拢起来。

杜伯萧靠近樊浅,眨眨眼说:"这是送给你的大礼啊,不喜欢吗?"

随即,他开始兴奋起来:"看看这上面的三个人,申子雄和欧坤的死只是这份礼物的一个小小开始而已。"

瞬间,樊浅心中有了一个大胆的推测。他想到了当时季辞东关于他后腰文身解释的字母分析。

樊浅冷着声音:"Somnus,s 申子雄、o 欧坤、u 乌尔苏斯。幽灵,剩下的这三个人,m 苗彩姗,n 年副刚,最后一个 s 宋华群。

你心中的 Somnus 的组合成员，一个不落。"

每当她念一个名字，杜伯萧的眼神就深一分。

当她说完，杜伯萧突然吹了一声口哨，眼里是毫不掩饰的赞赏和惊叹："我就说过，我们绝对会成为精神无比契合的最佳伴侣。"

他勾起嘴角："但你有一点忘了，Somnus 是我为你量身打造的身份。你不觉得这份我精心为你准备的盛大礼物，只有你亲手杀了最后这三个人，才更有意义吗？Somnus。"他的声音从喉咙里发出，带着嗜血的疯狂和向往。

樊浅捏紧拳头。

这大概就是杜伯萧所认为的完美世界。

他想要亲手培养一个他心中完美的睡眠女神，用鲜血来滋养她的成长。目前，申子雄和欧坤都已经死去，乌尔苏斯被判了死刑，而剩下的三个人，此刻，现在，就在这里。

樊浅背靠着水泥墙，她的指甲在上面抓出一道道指印。

杜伯萧选中的 Somnus，恰巧就是她。

他要她亲自动手，杀了这些剩余的代表这个单词字母的每一个案件背后人，彻底完成 Somnus 最终的定制。

他要的，不仅仅是一个如他一般的变态诞生，还是一个他量身定做的带有 Somnus 标志的精神傀儡。

而这个傀儡，将和他一样背负罪恶和鲜血，成为他地狱里的另一半。

她看着不远处的杜伯萧，处在黑暗之中的他，犹如脚底都冒着寒气的恐怖恶鬼。

樊浅闭了闭眼，嘴角露出嘲讽的笑意。

她说："杜伯萧，你知道自己的行为就像一个得不到糖果，就把所有卖糖果的店铺统统砸碎的行为拙劣的小孩儿吗？你的父亲难道没有告诉过你，你越是极力想要得到的，会越容易失去？"

之前杜伯萧一直试图隐藏的父亲，被樊浅再次提起。

"呵……"他两手抱拳，左右活动了一下脖子。在距离樊浅两米之外拎起旁边的一根铁棍就朝她砸了过来。

砰！她旁边围栏上碎裂的水泥块瞬间飞溅而起，擦过樊浅脸颊，留下了一道细细的血痕。

杜伯萧一把拽下樊浅挡着脸的手，凑在她的耳边说："Somnus，不要试图激怒我。"

那温热的气息就在颈边，樊浅的皮肤上立马出现了一粒粒鸡皮疙瘩。

她猛地推开他，自己也借力迅速往旁边倒退几步。

从来没有那么剧烈地讨厌一个人靠近，樊浅嫌恶地摸了摸脖子上那片被他气息感染过的皮肤。她咬牙说："不要叫我 Somnus，我也永远都不可能成为你心目中的 Somnus。杜伯萧，在你当年利用宋华群开始屠杀的时候，你就该认清，这个世界上是没有人会和你一样的，包括我。"

杜伯萧一时看她的眼神就如同看着自己一直圈养，又突然发小脾气的某种专属物。他掂了掂手上的铁棍,笑着说:"自认为很了解我啊,你怎么知道宋华群就肯听我的?"

他始终挂在嘴角的那抹得意的笑,令樊浅想到了一种动物——蛇。冰冷得不带一点温度,盘旋着,等待着,就等着出其不意的时候突然咬你一口。

樊浅直直望着他的眼睛,说:"宋华群坐拥杜氏总裁身份这么多年,却依然没能改回姓杜,不止如此,他残疾的左腿,多年来都遭人诟病的人品,这所有一切不就是杜家长子,你的父亲的杰作吗?但就是那么巧,宋华群毕生最恨的人,恰巧你也恨他入骨。"

杜伯萧渐渐敛了笑意,淡淡地说:"继续。"

都知道打蛇打七寸,樊浅也知道。

她观察着杜伯萧表情中每一个细微的变化,接着说:"你恨你父亲恨到巴不得亲手杀了他,但你不会那么做的。杜康喝酒还嗜赌成性,长期虐打你和你的母亲。他外面找的那些女人个个都巴不得你们被赶出杜家。终于,你的母亲受不了自杀了,亲眼见证这一幕的你才会那么讨厌双手沾血。但是怎么办呢?那个如同噩梦一样的父亲依然高高在上。你恨他,甚至是恨给了他狂傲资本的整个杜家。你很聪明,学了法律,利用宋华群和你爸争家财时脱离了杜家。至此,你的复仇计划才真正开始。你擅长心理学,不断催化宋华群内心的仇恨,让他一步步去替你完成你的杀人计划。你选择的第一个家庭姓顾,那是你父亲手底下唯一一个值得信赖的下属,在你父亲多年的商业生涯中出了不少力。第二个家庭姓何,那是杜家退出政界后你父亲单独培养的政权势力。第三个家庭姓吕,那家人中有一位二十三岁的年轻女孩儿,那是你父亲在外包养了一年多的情妇。还有……"

这些都是季辞东拿到的那份档案里的资料,她试探着做出推理,直到说到这里戛然而止。

杜伯萧的表情随着樊浅的停顿,越发诡异起来。

他问:"怎么不继续说了?"

他边问边再次朝她靠近。

樊浅一步一步地往后退,就听杜伯萧的声音在一瞬间变了一种语调,嘶哑的,像破旧的老风箱。

樊浅瞪大了眼睛。

这一刻的杜伯萧是幽灵但又不完全是幽灵,人往往有多个不为人知的双面,或许连他自己都不曾发觉。

换了一种语气的他,配上那双在黑夜中的眼睛,真正会让人从心底里颤抖。

杜伯萧边走近边带着渲染的恐怖声音,缓缓说:"你还有一家忘说了……那家人姓樊,那个男医生这辈子最错误的决定,就是自以为是地用他所推崇的中医疗法,去接治了一个病入膏肓又拼命想延长自己寿命的叫杜康的男人。"

他从喉咙深处发出了两声嗬嗬的声音。

咔嚓——

樊浅的脚下踩中一根木棍,声响在这样的夜晚显得尤为刺耳。

楼下隐隐传来汽车的喇叭声和警笛，杜伯萧的声音在夜色里又哑了两分，他说："那种男人怎么配拥有那么多，金钱、权力、女人，甚至是性命，我都会让他一一失去。看着自己一无所有，感受自己在生命的尽头，有一线希望又无能为力的挣扎和绝望。"

樊浅的眼睛红了，她的嘴唇被咬出血，手心都是指甲抠破的痕迹。就是这么荒唐的理由，为了满足自己的复仇欲，对他的父亲实施报复。他就这样随意地让四个家庭走进深渊，无情剥夺了十几个人活着的权利。

她拼命控制自己的情绪，但出口的声音还是因为极致的压抑变得颤抖："杜伯萧，你父亲不是什么好人，但你彻底成功了，你如今活成的样子才会是他连死都无法闭眼的终身噩梦！"

世间的苦难何其多，没有任何的不幸，可以成为一个人杀人的借口。

何况十九年了，他早就不是单纯被仇恨蒙蔽了心智，他彻头彻尾成了一个引导别人犯罪的心理病患者，最可怕的是，在他的认知里，他还认为自己就是这个丑陋世界里唯一的光。

杜伯萧的指背沿着樊浅的脸颊滑下，幽幽的声音响在她的耳边："你本来应该是我最完美的杰作，从我把你放生的那刻起，你符合我所有的设定：冰冷，敏感，锐利，无法让人靠近的身体，对杀人事实的精准剖析。可惜……"

就是在这一刻，他们左侧那扇被锁住的门被撞得传出巨大声响，樊浅和杜伯萧同时望过去，外侧的铁架门直接连同钉在墙内拇指粗的锁扣一并拔出，内侧的木门撞在墙上被大力弹回，再被人缓缓推开。

季辞东就站在楼道口的位置。

他微微喘息着，手掌撑在门板上，与樊浅的目光在空中相遇。

5

一道闪电劈开长空，紫红的厉色映红眼前大半个城市。狂风越发肆虐，吹得天台旁边那堆废弃的铁皮箱哗啦啦作响。

杜伯萧从上衣口袋掏出枪，一把钳制住樊浅，凑在她的耳畔说："Somnus，你知道我最讨厌什么吗？就是你眼前的这个男人，改变了你。"他心目中的睡眠之神是没有弱点的，不会被无知的情感所左右。

但是偏偏出现了个季辞东。

季辞东的视线扫过樊浅，再移到了吊在半空中的三个人。

"杜伯萧，放开她！"季辞东一步一步地慢慢靠近。

就在这个时候，杜伯萧看着季辞东，突然在樊浅耳边说了一句："我的女神，你想要看看他是怎么死的吗？"

那兴奋的语气让樊浅脸色大变。

"不要，小心！"她冲着季辞东大喊，手肘直击杜伯萧的胸膛企图挣开他的桎梏。但还是晚了，就在她叫出声的那一刻，季辞东刚刚所站的楼道口突然爆炸……

冲天的火光,脚底下强烈的震感。

杜伯萧点了一下手腕上的遥控装置手表,兴奋地赞叹一声:"Surprise!"

樊浅满目都是刺眼的猩红,耳朵里听不见任何的声音,心脏在那一瞬间骤然停止跳动,丝丝点点的钝痛来得缓慢且绵长剧烈。

翻涌的热浪,巨响之后的滚滚浓烟。

她看见季辞东了,他躺在离爆炸中心十米开外的水泥地板上,那么近距离的冲击力,无数飞溅的爆炸碎片弹出。

樊浅瞬间湿了眼睛。

天太黑了,哪怕周围还有一小簇一小簇的火苗,还有照亮了天台各处的余光。但是她无法得知季辞东的现状,他一动不动,躺在火光里有末日的悲壮和决绝。

杜伯萧的爆破威力控制极好,塌陷的位置刚好堵住了楼道口。

救援的人上不来,在爆炸发生后,大楼底下传来了更大的人群的嘈杂声。

樊浅拼命挣扎着,几十米的距离像是隔着万重荆棘和无法跨越的长河。

滴答……滴答……

开始下雨了。雨点越聚越多,越下越大,豆大的雨滴砸得人生疼。密集的雨幕里,樊浅已经很难睁开眼睛,不远处的身影变得模糊起来。

"季辞东！季辞东！"樊浅开始大喊他的名字。

站起来，站起来！求你。

终于，昏迷过去的季辞东像是听见了她的声音。

他动了。

蜷起左腿，仰躺的动作慢慢翻身转为侧躺，他一只手撑在了地上，缓慢地，像是电影画面里一般，一帧一帧，撑膝站了起来。

铺天盖地的雨帘里，樊浅看着他，杜伯萧也看着他。

季辞东终于站直了身体，黑发贴在脸上，看着他们的方位微微喘息。他身上的衣服有一些薄布料的位置被爆炸碎片撕破，脸上带着可怖的血迹。

他抬起手背擦过脸颊的伤痕，毫不迟疑地往樊浅的方向一步步走来。

那双眼睛，和樊浅初见他一样。

坚定不移，如墨如漆。只有在看向樊浅的时候，里面蕴藏着轻柔如水，深沉如山的依恋和爱意。

四十米、三十米、二十米、十米……

季辞东摇摇晃晃支撑着走到离樊浅他们大概五米远的地方。

樊浅早已经分不清脸上是雨水还是泪水，她看着季辞东身后走过的路，直觉心里一阵剧烈抽痛。不断被雨水冲散的血色汇成一条小细流，季辞东的小腿肚上还有血不停地冒出。

那里有被飞溅碎片撕裂的大口子。

樊浅连挣扎都忘了，她看着他，看到了他眼中的安抚，还有那惯有的掌控全局的自信力。

季辞东对着樊浅身后的人扯扯嘴角，嘲讽道："幽灵，这就是你所有的招数？"

他手里的枪指了指半空中吊着的三个人，他们还昏迷着，对于爆炸和暴雨都没有丁点儿反应。

季辞东继续说："你的人生失败得只能在这些人中寻找存在感，可怜但也更可悲。"

他再次把枪对准杜伯萧："看来你的父亲的人生终场都没有给你任何心理上的安慰，杜伯萧，放了她。用我女朋友做借口，遮挡你脆弱又可怜的自卑灵魂，你真的不配。"

隔着哗哗的雨声，他的话一字一句传到了杜伯萧的耳里。

一针见血，果然还是他的强项。

杜伯萧之所以利用宋华群满足自己的杀人欲望，甚至说他历经十九年窥探樊浅的成长，完成所谓 Somnus 犯人的集合，都源自于他内心的魔鬼，是家庭和成长环境给了他不同于常人的心态。

但他最大的不该，是放任自己的黑暗面恣意疯长。

直至他最终失控。

空中的闪电和响雷持续不断，雨越下越大了。

杜伯萧早已经不是一个可能回头的人了,他有一个错误的开始,也从一开始就决定要一个错误的结束。

他拽了拽樊浅,看着季辞东露出了残忍的笑意。

抵在樊浅腰间的枪突然被移开,杜伯萧拿枪同样对着季辞东。所有人早已经全身湿透,雨滴在两人抬起的手臂上,溅开一朵朵小水花。

天边一个炸雷轰然响起,这像是一个信号,两人同时扣动扳机,子弹划过夜空和雨幕,划破凝滞的空气朝着彼此袭来。

砰砰!枪声一同响起……

杜伯萧没事儿,季辞东那一枪在他把樊浅拖出来挡在前面的时候早已偏离轨道。而季辞东同样没事,因为对方那一枪本就不是瞄准他。

杜伯萧的目的,是打断季辞东左边两米处的轮滑装置上的绳子。而那根绳子的另一头,就是吊在空中的宋华群、年副刚、苗彩姗三人。

他瞄得很准,绳子啪地断了。

然而季辞东的反应也够快,在子弹擦过他的脸颊过去的那一刻,他已经知道了杜伯萧的意图。他一个飞扑过去,在绳子断开的一瞬抓住了那截尾巴。

樊浅的心跟着季辞东的动作提到了嗓子眼。

即使借着轮滑的助力,三个人加在一起的下坠力都不是季辞东能拉得住的。季辞东被拖着在一步步往前滑,借着灯光,樊浅能清楚地看见他手臂和太阳穴上暴起的青筋。而他腿上的伤口,因为用力再次血流如注。

眼看他已经滑到了边缘，寒意冷到了樊浅的心底。她愤怒地挣扎，用尽了季辞东教给她的所有招式，还是被杜伯萧困得无法脱身。

她看着季辞东的方向不断摇头大喊："不要……季辞东！不要！"雨水流进了她的喉咙，呛得她疯狂咳嗽，喊出的声音嘶哑又破碎。

按季辞东滑行的方向，正对口的那个地方是没有护栏的。可以想象若他执意不放手，巨大力量会直接拽着他连同绳子上的三个人一同坠下高楼。

樊浅无计可施，终于忍不住绝望地痛哭失声。

终于，季辞东的脚用力蹬住了边缘的横着的那面水泥墙。

樊浅的心并没有因此短暂地平静下来，宋华群、年副刚、苗彩姗三个人已经滑下去好远，被吊在了两个楼层的正中间，在樊浅这个角度已经看不到那三个人的身影，只能看到在勉力咬牙支撑的季辞东。

杜伯萧恶劣地笑了起来，语调轻快："季辞东，你知道你最终会输在哪儿吗？就是你们一直坚信的真理和勇气。但结果怎么样？为了这样三个人赔上自己的命，只有你们这些惺惺作态自恃清高的人才会干这种蠢事。"

他站在制高点，视生命如草芥，卑劣地、狂妄地把人命放在地狱口当成一场有趣的追逐游戏。

樊浅被钳住了胳膊,她泪流满面地拼命挣扎:"杜伯萧,你放开我!"

要怎么做才能摆脱眼前的僵局,要怎么做才能挣脱背后的恶魔,她要怎么做……才能给季辞东,一点点力量?

季辞东听到了她的声音,滑行中他早已将绳子围起来绑在了自己的腰间。他回头看了樊浅一眼,雨太大了,他只能看见向来少有剧烈情绪的她,像只小小的困兽。

他眯着眼,看着对面楼里传过来的熟悉信号。他手腕转了转,再次用力把绳子往回拉了一小截。

而此时的杜伯萧如同听到了好笑的笑话一般,轻声对着樊浅说:"Somnus,我怎么可能会放了你?"

他指了指季辞东的方向,笑着问:"想救他?"一下秒,他真的松开了她,站在她的对面。

樊浅没动,她看着杜伯萧手上的枪在食指上打了个转,拿着枪口的位置递给她,指了指后面的几个人说:"忘了告诉你,那几个人身上都绑着炸弹。"

樊浅一怔,他接着说:"那可不是像刚刚小儿科那样的爆破装置,只要'砰'一声,后果……"他故意没说完,看着樊浅难看的脸色愉悦地笑起来。

樊浅慢慢伸手接过枪,那一小截细白的手腕,因为寒冷隐隐显出青紫。

她握紧手中的枪，冰冷的器械有种熟悉的感觉，脑海中出现的，是曾经季辞东站在自己身后手把手教她开枪的情景。

她听见杜伯萧说："你有两种选择，不开枪，等着季辞东抓不住的那一刻，他们会摔得粉身碎骨，顺带着炸弹会因为撞击而爆炸。第二个选择，开枪，当你杀死那三个人，炸弹会在半空中炸开，季辞东如果够幸运，还能捡回一条命。"

他玩味地看着樊浅："你不是想救他吗？开枪吧。"

雨水沿着眼睑流下，樊浅缓缓地举起枪。她的手微微发抖，季辞东就在不远处，甚至是往前半步就是深渊的危险边缘。

而那三个人呢？

贩毒，杀人，经济犯罪。他们都不是什么良善之人，只要杀了他们，季辞东就能没事。

只要杀了他们。

杜伯萧还在轻轻地诱哄："Somnus，你看，你没有做错，他们的确都该死。开枪，只要杀了他们，所有人都能得到解脱和救赎。"

真的都能得到解脱吗？

樊浅看着季辞东，蒙眬视线里他的身影变得有些重影。他似乎在转头焦急地看她，嘴里在说着什么。哦，是在喊她的名字。

杜伯萧还在轻声诱哄："亲爱的，你没有多少时间了。你看他快要坚持不住了，炸弹开始计时，倒数，五、四、三……"

就在他喊出一的那一秒钟，樊浅动作一转，手里的枪在空中甩出一道雨线，黑漆漆的枪口指向了杜伯萧。

樊浅的脸色前所未有的冷，白色的灯光穿透雨幕在她的头顶打出淡淡的光晕。她的声音清晰且冷静："杜伯萧，我该感谢你。这么多年过去，你以为我还是那个缩在桌角颤抖的小女孩，你别忘了，我也学过心理催眠。"

他想抓住她因为季辞东而被逼到极致的紧绷神经，企图击溃她的心理防线。直至她真的，亲手，如他所期望的那样去演绎一个真正 Somnus 的诞生。

她扣紧扳机："幽灵，你的白日梦该醒醒了！"

他毫不犹豫地扣响扳机，咔嗒——

樊浅心里一惊，空的？

杜伯萧笑得很复杂，巨大的失望夹着那么点痛苦又悲悯的嘲弄，他声音喑哑："Somnus，你会为你的选择感到后悔的。"

后悔？永远都不会。

在那样的时刻季辞东都没有放手的人，她又怎么会开枪。哪怕对象是宋华群，是年副刚那样的人。没有谁有权利决定另一个人的生死，这是她和季辞东都无比清楚知道的事实。

杜伯萧再一次从衣服里掏出了一把和樊浅手上一模一样的枪。

他对准樊浅。

"杜伯萧！"是季辞东，他依然在边上维持着那个姿势，周身的气息寒到骨子里,"你要是敢动她,我会以百倍千倍的痛苦从你身上讨回来!"

杜伯萧笑得很狂妄,拿枪指了指季辞东:"你现在有什么资格跟我说这种话,你看看你现在的样子,还保护她?你该祈求等下炸弹爆炸的时候,你还能来得及趴下。"

雨更大了,遮天的雨幕下人影都变得模模糊糊。

季辞东的余光扫过对面窗台开始往这边靠的人,对着杜伯萧勾起嘴角:"是吗?得不到就毁灭,你比你的父亲更懦弱无能。"

杜伯萧的眼里开始聚集起风卷残云的风暴,父亲永远是他的致命点。

他掉转头,眼睛里像是黑雾一样迷惘,在雨里笑得像个疯子:"我无能?我亲手毁灭了那个男人,我看着他毫不甘愿地咽下最后一口气。我永远不会和那个男人一样的,懂吗?"

季辞东微微松了松手上的力道,腿微不可察地微微后移,同时用言语给杜伯萧下了最后一剂猛药:"不!你跟他一样,你们流着相同的血。他家暴、喝酒、赌博一身恶习。但你呢?你父亲恶得光明正大,你却卑鄙得如阴沟的老鼠。你完美继承了他内心里腐烂的气息。幽灵,你还没看清吗?Somnus?你可笑地要完成一个睡眠之神的诞生,却忘了,你才是你父亲升级版的完美复制品。"

季辞东的声音高过哗哗的雨声。

而杜伯萧的眼神因为他的话,像是一口深不见底的枯井,疯狂又执拗。

和最恨的人流相同的血,本就是幽灵此生最无法摆脱的梦魇。

而现在有人告诉他,何止是血,他从里到外,就是那个人的复制升级。

这是何等的令人感到作呕和疯狂。

疯狂之下,杜伯萧猛地再次把枪对准樊浅,声音幽幽:"Somnus,不生即死。"

他没有错,他不会错的!杜康那样的人怎么配创造幽灵?!只有他,全世界只有他才有资格和可能创造一个 Somnus。

一个完美的、孤独的,会永远和他比肩的睡眠之神。

而现在,既然 Somnus 无法完美终结,那么她就没有存在的必要。他十九年前能让她生,现在也能让她死。

一起下地狱吧!

永坠黑暗,混沌长眠。

就是这一刻,极速的脚风自杜伯萧背后倏然袭来。

闪躲早已来不及,杜伯萧整个身子被踹得往前飞出去好远,手中的枪也震出去老远。

半蹲着的季辞东微微低着头,他站了起来。雨水沿着额前的发梢不断滴落,他一把扯过樊浅紧紧地禁锢在胸前,低下头,嘴唇强力地碾过她的薄唇,一触即分开。

"做得好。"他毫不犹豫给出表扬,声音放得极低。

其实就在刚刚杜伯萧的背后,他们相互对峙的时候。对面楼的石头他们已经在开始布置救援。利用绳索牵引，加上季辞东的配合，他们在最快最短的时间里保证了那三个人的安全。

樊浅其实在拿枪对准他们的时候，就看懂了季辞东的眼色——不要动，相信我。

……

樊浅还来不及给出回应，季辞东已经放开她往杜伯萧所在的地方走了过去。

此时的杜伯萧刚刚从地上爬起来，季辞东冲上去一个拳头将他砸倒在地上，然后长腿一跨直接骑在他身上，扯着衣领又是一拳。

杜伯萧不甘示弱地挣扎反抗，两个人瞬间滚到一起，骨头猛烈撞击的声音透过暴雨能清晰听到，从地上打到墙角，从墙角再到围栏上。

樊浅拽紧了手，目光紧紧追随着季辞东。

但是当两人都揪着对方的衣领贴在顶楼边缘的时候，樊浅的心还是再一次揪紧。也就是在这一瞬间，她看见了杜伯萧看向自己的眼神。

带着无比遗憾的神色。

杜伯萧带着疯狂又偏执的笑凑近季辞东："你不该出现的，没有你，Somnus 将会完美呈现，她一定是这个世界上最完美无缺的伴侣，就算长眠，也只可能在我身边。"

季辞东看了樊浅的方向一眼,同样回:"那是不可能的,不是 Somnus 的她就是最好的她,这是我们本质的区别。"

会生气害羞,会恼怒恐惧。他要的,是真实的樊浅,而不是一具冰冷的杀人机器。

"杜伯萧,就算她真的成了 Somnus。只要这一辈子她能遇见我季辞东,就算是地狱,我也会不惜一切代价把她拉回来。"

因为有些人,重要得如同自己的呼吸。

其实,站得较远的樊浅根本听不见他们说了什么,但她明白了杜伯萧的意图。

心里如浪潮般翻涌。

他想要拉着季辞东同归于尽!

樊浅张了张嘴,声音还没发出,那两个人就瞬间互相揪扯着沿着水泥护栏翻出,消失在她的视线里。

两三秒的愣怔后,"嘭"的一声,楼下传来一声闷响。

樊浅往前迈的步子突然顿住,她感到呼吸有些困难。周围在一瞬间变得很静,除了她,除了风雨声,除了灯光一无所有。

"小樊!"有人在叫她,是曾云帆。

他在对面那栋楼里,灯光大亮,身边有许多人,有石头,有调查组的同事,还有一些医生。好像有人在喊着让她放心,他们马上过来救她。

她一点都不想听,她慢慢地蹲了下去。

季辞东呢?

那么多人为什么没有人跟她喊一声季辞东还活着呢?

就在这个时候,之前发生爆炸的那块地方传来了一点响动。窸窸窣窣的动静,像是有人在搬动杂物的声音。

哗啦!终于有一小块面积塌了。

樊浅盯着那黑漆漆的小地方,某种直觉让她荡到谷底的心情再次紧张起来。终于,有一个人的身影踉跄着从那个地方走了出来。

樊浅瞬间用手捂住了自己的脸,一下子跌坐在地上。有无声的眼泪顺着指间滑落,她深吸口气,放开手。

看着远处的人一步步朝自己走过来,他那件破得不成样子的黑色外衣不知什么时候脱掉了,穿着湿透了的紧身的军绿色短袖,步伐依然稳健。

樊浅突然站起来朝他跑了过去,一下子撞进他怀里。

季辞东晃了两下,笑着搂住她,在她耳边说:"太热情了点,一时都有些不习惯。"

樊浅还没开始说什么,就发现他有些不对劲。原来他一直强撑着,直到这一刻才顺势搂着樊浅一起跌坐在地上。

"还好吗?"樊浅紧张地问。

他笑着摇头,一只手搭在膝盖上,一只手搂着樊浅的腰。樊浅借着不是特别亮的灯光看了看他,脸上还有刚刚搬砖留下的黑,眼下方的颧骨上有很大一块擦伤，额头青紫，嘴角破裂。

还好，还活着。

樊浅伸出手轻轻拂上他的脸，被他一把抓住了。他拇指不断划过她的手背，额头抵着她的额头问："担心了？"

樊浅一僵，涩哑开口："我还以为……"

"还以为我死了？"他居然还能开玩笑，看了一眼樊浅并没有好转的脸色，解释道，"我在拉住绳子的时候就观察过周围的环境，落下去的瞬间就抓住了下一层楼的栏杆。"

"那他……"

"那是他自己的选择。"

樊浅懂了，两个人纠缠着掉落，在翻身出去的那一刻，杜伯萧就没有打算活着。

樊浅终于从巨大的恐惧中脱离出来。

杜伯萧的执念，没能完成计划的遗憾。

她猜到杜伯萧恨季辞东，恨到在人生末路，拼尽全力也会想要拉着他一起陪葬。

杜伯萧至死，都没有从执念中挣脱。

樊浅把头抵在季辞东的肩膀。

"谢谢。"她说。

谢谢你还活着，还能安然无恙地出现在她面前，还能像此刻这般亲密地揽她入怀，还能彼此相依，呼吸缠绕。

季辞东没说什么,他把樊浅的头移到自己心脏的地方,静静抱了很久才开口:"你记住,这里有你经年累月刻在心底的烙痕,哪怕失去所有,你都不会失去我。"

……

已经有很多人开始从对面朝他们围过来。

樊浅拉住他的手,一直以来,就是这个人固执地带着她往前走。

恐惧时有他。

想要撤退时有他。

受伤时有他,感到幸福时亦是因为有他。

他们之间从来没有过山盟海誓,或者情深至不能分别时。但是,樊浅知道,她想要牵着这个人的手,直至走到生命的尽头。

番外一

TIANMI RICHANG

甜 蜜 日 常

1

几个月后。

温市进入初冬时节,泛黄的银杏叶铺满了道路两旁的人行街,空气中微风寒凉,枯木的枝桠上有过路行人随手系上的红色绳结,随风飘荡。

樊浅站在路边等人。

她穿了件浅蓝色的针织长外套,和路过旁边刚下班的同事笑着打招呼。

季辞东在不远处的车里看了她许久,才微微笑了笑,驱车到她的面前停下。他摇下车窗问:"请问樊小姐,季先生今天给你打了整整八个电话,为什么你一个都没有接?"

樊浅被问得一愣,然后才笑起来说:"季先生,你去外地一走就是大半个月,我也是有工作的人,我很忙好吗?"

季辞东没再为难她,下车给她开门。

车子驶过长长的柏油马路,开进闹市区。

樊浅奇怪地问:"去哪儿?不回家吗?"

自从几个月以前季辞东以不安全为由置办了新房产,樊浅就没能说服他让自己搬回以前的地方,甚至暗中去找房东把她的房子给退了。

那是她住了很久的地方,她还为此郁闷了许久。

他说:"先去买菜。"

一听这个,樊浅连忙把手附在他抓着方向盘的手上说:"不用了……我们还是随便吃点什么吧。"

他奇怪地看她一眼,樊浅闪躲他的视线。季辞东这几个月手艺见长,在家的时候基本都是他在做饭,以前只能煎蛋的人,现在一些菜也是随手拈来。

季辞东严肃地问:"到底是怎么回事?"

樊浅尴尬了,最后一脸壮士断腕的表情:"最近好多同事都说我胖了,我要减肥!你不要再做饭了,我们之间也不需要跟着新时代男人做饭的潮流。"

季辞东先是皱眉,然后才一脸哭笑不得。

以前总有人说樊浅看起来有拒人千里的冷漠气质,现在倒是越来越接地气了，而且都还是他的功劳。

他捏捏她的确比以前稍微圆了一点点的脸说："那如果我说我就喜欢胖一点的你，你是选择取悦我的目光还是大众的？"

樊浅瞪了他一眼，这人真是……

她最后还是想了想，一脸为难地说："好像……是你比较重要。"

季辞东笑出声。

2

晚上八点的时候，樊浅在客厅看电视。

综艺节目里主持人和嘉宾都穿着奇怪的装束蹦来跳去，樊浅心不在焉，眼睛时不时往厨房的位置瞟。

季辞东系着碎花围裙，在厨房里娴熟地转来转去。那个背影和着空气中弥漫的菜香都给了她莫大的安心感觉。

她悄悄上去搂住他的腰。

季辞东炒菜的动作一停，问她："饿了？"

樊浅在他背后皱了皱鼻子，捶了他一拳说："我又不是喂不饱的猪，时时都在叫唤着饿。"

季辞东关了火，转身敲她的头："什么破比喻！"然后伸手去拿她背后案板上的青菜，对着她说，"厨房比较乱，你先去看电视，快好了。"

作为法医，樊浅其实有很严重的洁癖，除了是真不会下厨，这也是她不太愿意进厨房的一大原因。但是她也不想去客厅，就装作闲聊的样子:"你这次的案子结束了吗?"

案件在邻省,闹得还挺大。

樊浅之所以没跟去,是因为当时她感冒了临时被季辞东找人换了下来。

他说:"你觉得呢?"

那上挑的眼眉,漫不经心的语气……要不要这么自信?樊浅不打算和他聊了,转身的时候却被他一把抓住。

他笑着说:"你以后要是想和我搭话不要挑案子,聊点别的。"

樊浅:"……"

谁想和你搭话啊!

一顿饭吃得樊浅脸都快埋到碗里了,她发现只要对象是季辞东,丢脸的永远都是自己。

季辞东夹了一筷子炒芦笋放到她碗里。

"吃点菜,你要是再一直往嘴里扒白饭,我保证你要不了两个月,同事大概就会问你是不是怀孕了。"

樊浅想起前不久刚看的一个节目。

里面的主持人说,就算你再深爱一个人,不论你们的感情有多好,在一个月里你总有那么两天想把他从家里踹出去。

樊浅咬牙:"我不吃了。"她就算比以前多了那么几斤肉,好歹也是一个没过百的人好嘛。

季辞东继续往她的碗里夹菜,漫不经心地说:"放心,你胖了、老了、人老珠黄甚至走不动路了，不是还有我吗？"

樊浅顿时就愣了。

你历经生活所有的困苦和磨难，最终要找的，不就是一个能陪你到老的人吗？你胖了，他也发福。你头发白了，他牙齿掉了。你们都老了，也还能彼此牵着手在黄昏里一起散步。

樊浅不说话了。

在遇见季辞东之前，她的生活如同一部荒诞又沉默的哑剧。她以为她会孤独演完所有情节，在生命最终寂寞散场。

是他带着她逃离了那片沼泽，一起冲破了所有的迷雾和黑暗。

她说："季辞东。"

"嗯。"

"今天的芦笋盐放多了。"

3

晚上睡觉之前，樊浅去阳台给导师他们打了个电话。

导师问她："你和季家那小子都住在一起好几个月了吧，现在也安定下来了，要不要考虑一下结婚的事情。要是到时候一不小心怀孕，名声也不太好听。"

樊浅一直觉得导师太前卫了。

手机里还有师母教训导师的声音。樊浅脸色悄悄红了，连夜里的风都没有吹散那股燥热。她其实很想说，他们都有自己的房间啊。

导师他们想太多了。

……

结果这话还真说不得,樊浅一回到房间的时候,发现季辞东就躺在她的床上,手里还拿着她放在床头的书。

樊浅站在门口,问他:"你怎么在这儿?"

季辞东拍了拍自己旁边的位置,樊浅慢慢地走过去。他放下书说:"我房间的被子半个月都没洗了,今晚睡你这边。"

樊浅:"……"

半个月没洗被子就睡不下去?虽然知道他对生活质量的要求很高,但以前办案的时候天天睡车上,蹲野外,也没见他抱怨过啊。

她说:"我就一床被子,一个枕头。"

"我不嫌弃。"

反正樊浅说什么,他都有理由堵回去。最后樊浅没话可说了,突然说:"全天下的男人都一个样。"

季辞东挑眉看着她。

樊浅瞪了回去:"我看网上说了,男人说没关系我就去你房间看看,我就睡你旁边什么也不做,我就亲一下不干别的,最后都是为了睡你。"

4

季辞东的眼神慢慢深了起来,连脸色都黑了。他一把扯过樊浅把她压在身下,出口的声音都带着点咬牙切齿:"樊浅,你老实交代,我不在的时候你究竟看了一些什么乱七八糟的东西,嗯?"

樊浅吞了吞口水。

她对上季辞东的眼神，立马说："是石头在私聊的时候分享给我的！"

"还有些什么？"

"如何抓住男人的心……教你认清男人出轨的八个小细节。"樊浅在季辞东眼神的压迫下一股脑全说了，默默在心中给石头说了句对不起。

其实石头是真心冤枉，樊浅前段时间不是感冒了嘛，季辞东在外地听说她一直都在工作，甚至在解剖室一待就是一天，让石头想个办法转移一下她的注意力。

结果……

樊浅去推季辞东的肩膀，说："你先起来。"

他不动，樊浅就发誓说："没了，真的，我就是无聊的时候随便看了看。"

季辞东深深看了她一眼才说："不要老看一些没有营养的东西，石头那家伙脑子不好使，以后把他屏蔽掉。"

樊浅很无语。

脑子不好使？他真的是你手下的人吗？好歹也曾是风靡全网的黑客大神啊。

樊浅说："你很重，先起来。"

季辞东敲她脑袋，看她一脸紧张的样子笑着说："虽然你刚刚说的男人想睡一个女人的言论我不赞同,但不可否认那是大多男人最真实的想法。"

樊浅瞪圆了眼睛。

季辞东在她唇上亲了一口,在樊浅僵硬着全身的时候,他突然从口袋里拿出了戒指。他一脸可惜地说:"这是很早就准备了的,但是现在我很担心拿出它,有人会以为我揣着不可告人的目的性。你说,她会愿意戴吗?"

这太突然了,樊浅愣是呆了好半天。

季辞东耐心地等着她回应。

隔了很久,樊浅试探着问:"这算是求婚吗?"

季辞东扬眉,伸手摸了摸她鬓角的碎发,低声说:"按你刚刚的说法,你要硬是把这种行为当成求偶,我也没什么意见。"

樊浅顿时脸色爆红。

果然男人都是一个样的,没错!

5

冬日的某天,温市下了今年的第一场雪。

季辞东开车来接她。

他们的生活还在继续,依然有处理不完的工作,查不完的案子,但已经有一个能预见的美好明天和未来。

他倚在车旁边,低着头。穿着黑色大衣的肩头铺了星星点点的雪,脖子上围着她前不久刚买给他的咖啡色围巾。

樊浅笑着走到他身边:"今天初雪,我们走走吧。"

脚踩在雪地里有嘎吱嘎吱的声音,樊浅挽着季辞东的胳膊,沿途的路上留下了两行并行的脚印,和一对依靠的身影。

慢慢走着的樊浅,突然借着他的力在原地的雪堆里胡乱地蹦了几下。她抬起头,看着他的眼神晶亮又柔软。

"季辞东。"

"嗯。"

"以后每一年下雪你都会在我身边吗?"

"会。"年年岁岁,春秋轮回。

樊浅笑得很开心,因为眼前这个男人。

她想告诉他,季辞东,因为你,一个曾经走在绝望边缘的樊浅,一个经历了漫长黑夜的樊浅,一个隔离全世界也被世界隔离的樊浅。她想要谢谢你,在某一个时刻固执地拉住了她的手。

因为有了你。

连黑夜都是平常。

番外二

幸福回音

樊浅和季辞东在婚后的第二年,迎来了家庭的新成员。大名叫季艾凡,因为出生在冬天,起了个小名儿叫暖宝。

暖宝九个月大的时候,开始学说话了。

某天他坐在爸爸的腿上看电视,樊浅在卫生间洗澡。她刚从里面出来,就听暖宝咿咿呀呀地说了一声:"范仑。"

她正高兴他居然开始学说话的时候,突然看见了电视屏幕上正准时准点播放的那档法制栏目,再一联想暖宝的发音"范仑",犯人。

她一脸黑线:"季辞东!"

走上前拿过季辞东手里的遥控器,她开始数落:"暖宝虽然是个男孩子,但他还小,怎么能给他看这么血腥暴力的东西。"

第一次开口不是爸爸妈妈之类的而是犯人,除了他季辞东的儿子,还有谁?

结果他拉着她坐在身边。

大手掐在暖宝的腋下把人举起来,仰起头笑着问他:"儿子,你妈说你呢?你要不要给你妈认错?"

樊浅瞪他,结果一看到暖宝又倏地失笑。

他戴着有猫耳朵的毛绒帽,虎头虎脑的不知发生了什么,黑葡萄似的眼睛滴溜溜地转,看看他妈,再看看他爸,开心得手舞足蹈。

季辞东手一松,暖宝就扑到他爸怀里,笑着糊了他爸一脖子口水。

后来暖宝渐渐大了,上幼儿园之前樊浅一直都有给他讲故事的习惯。

有一天晚上,她正在给三岁的暖宝讲莴苣姑娘的故事。

当她讲到"莴苣,莴苣,把你的头发垂下来。莴苣姑娘长着一头金丝般浓密的长发,一听到女巫的叫声,她便松开她的发辫,把顶端绕在一个窗钩上,然后放下二十公尺,女巫便顺着长发爬上去"的时候,暖宝喊她:"妈妈。"

她低头看他。

小孩子的眼神并没有听到故事的欣喜,而是一脸神似季辞东断案时的冷静:"二十公尺等于二十米,莴苣姑娘那个时候才十二岁,妈妈,这个编故事的人是不是没学过数学?"

樊浅:"……"

面对这么天真的问题,她决定去找季辞东来解决。

其实在暖宝的教育问题上,樊浅这么被自己的亲儿子怼也不是一次两次。

暖宝完全继承了季辞东的智商,思维逻辑远远超于这个年龄阶层的孩子。很多次她都试着引导他,不必走太快,否则会失去很多同龄人该有的天真和乐趣。

后来她发现并没有用。

好比做算术题,前一分钟他还装作认认真真地听她讲解的样子。过不了多久她就发现,他所有的答案早就规规矩矩地写在了另一张草稿上。

她奇怪地问他:"暖宝你既然都会,为什么还要听我讲?"

他一脸为难,小脸皱成一团,最后还是解释:"爸爸说妈妈比较笨,我不能显得自己很聪明的样子,因为我们是一家人。"

樊浅心里那一瞬间的感受真是……五味杂陈。

她气冲冲地跑回卧室找季辞东算账。

他坐在床上还没睡,松松系着的睡袍露出性感的锁骨和一小片胸膛。樊浅看得脸红心跳,一边暗骂自己没出息,一边质问着复述暖宝的原话。

季辞东的眼睛亮了,他扯着樊浅倒在床上,声音都比平常低了好几个度:"那小子现在才说?你也看到了,他根本就用不着你教。也省得浪费你我两个人独处的时间。"

樊浅红着脸睁圆了眼睛，一扭头："我不管了！你们简直欺负人。"

季辞东失笑，压着她在她耳边说："男孩子放养也没什么不好的，你要实在放心不下我们就再生个女儿吧，像你一样漂亮乖巧的女儿。"

樊浅一转头就被他骤然吻住。

迷迷糊糊中樊浅想，女儿啊，按季辞东的性子，如果有个女儿他应该会把她宠上天吧。

第二年早春的时候，季辞东和她一起去学校接暖宝。

路两旁的各类树桠抽出嫩芽，粉白相间的花骨朵悄然绽放。丝丝暗香浮动，空气湿润清扬。几年如一日的风景，怎么看居然都不会让人生厌。

樊浅走在后面。

前面一大一小的两个身影慢慢走着，季辞东的肩头挂着蓝色小书包，伸出小手指让比他膝盖高不了多少的暖宝抓着。

樊浅忍不住拿出手机记录了这一幕。

她摸了摸自己的小腹，这里有一个新生命已经开始孕育。

"妈妈，快点！"是暖宝。

樊浅抬起头，她生命中最重要的两个男人在等她。她绽开笑颜追上去，牵起了暖宝的另一只手。

她看了看左手边："季辞东，我有一个消息……"

微风轻拂,他们的头顶有花瓣飘落。夕阳渐渐偏离了方向,沿途的足迹延伸,那就是樊浅期望的未来,爱自己所爱,幸福可听见回音。

小花阅读微信
扫一扫免费阅读作者
其他作品 / 最新消息

小花阅读

【四海为他】系列

《月夜天将变》
海殊 著

标签：刑侦．悬疑．苏甜｜肢体接触障碍美女法医 VS 高智商男神队长｜边谈恋爱边破案

"季辞东。"
"嗯。"
"以后每一年下雪你都会在我身边吗？"
"会。"年年岁岁，春秋轮回。
樊浅笑得很开心，因为眼前这个男人。
她想告诉他，季辞东，因为你，一个曾经走在绝望边缘的樊浅，一个经历了漫长黑夜的樊浅，一个隔离全世界也被世界隔离的樊浅。
她想要谢谢你，在某一个时刻固执地拉住了她的手。
因为有了你。
连黑夜都是平常。

《浓雾里的我和你》
南风北至 著

标签：校园．奇幻．悬疑｜驭猫家族继承人 VS 九尾猫少女｜最强异族恋

"瞿理！你别发呆！你到底要不要做我的驭猫人！"
瞿理看她气鼓鼓的样子却莫名地想笑。
"你喜欢我，我也喜欢你，为什么你不要和我在一起？"
"森渔，你知道的，人类的寿命太短了。我也许不能陪你很久，能够和你在一起的时间也很短暂，所以我……"
"瞿理，你知道的，我是再也不会对谁像你这样敞开心扉，也不会有人像你一样不计后果地靠近我了……"

图书在版编目（CIP）数据

月夜天将变 / 海殊著. -- 贵阳：贵州人民出版社, 2017.9
ISBN 978-7-221-14364-8

Ⅰ.①月… Ⅱ.①海… Ⅲ.①长篇小说—中国—当代
Ⅳ.①I247.5

中国版本图书馆CIP数据核字(2017)第233899号

月夜天将变

海殊 著

出 版 人	苏 桦
出版统筹	陈继光
选题策划	大鱼文化
责任编辑	潘 媛
特约编辑	欧雅婷
装帧设计	刘 艳 米 籽
特约绘制	空庭日暮
出版发行	贵州人民出版社（贵阳市观山湖区会展东路SOHO办公区A座 邮编：550081）
印 刷	长沙鸿发印务实业有限公司（长沙黄花工业园三号 邮编410137）
开 本	880×1230毫米 1/32
字 数	190千字
印 张	9.125
版 次	2017年11月第1版
印 次	2017年11月第1次印刷
书 号	ISBN 978-7-221-14364-8
定 价	32.80元

版权所有 盗版必究．举报电话：策划部0851-86828640
本书如有印装问题，请与印刷厂联系调换．联系电话：0731-82755298